無職轉生
到了異世界
就拿出真本事
20
理不尽な孫の手
Rifujin na Magonote
Kadokawa Fantastic Novels

克里夫
愛夏
魯迪烏斯
塞妮絲
人物介紹

克蕾雅
特蕾茲
神子

「那個，我認為這麼說對克里夫很不好意思……
但我果然還是有點擔心。」
艾莉娜麗潔一邊吐著白色的氣，同時這樣說道。

無職轉生

⑳

到了異世界就拿出真本事

Rifujin na Magonote

理不尽な孫の手

插畫：シロタカ

Kadokawa Fantastic Novels

無職轉生～到了異世界就拿出真本事～⑳

CONTENTS

「時間殘酷。總是會要求我們做出選擇。」

Time is gentle. Always make us choose.

著：魯迪烏斯・格雷拉特
譯：金恩・RF・馬格特

第二十章 克里夫篇

第一話「今後的方針與克里夫的煩惱」

在西隆王國發生那起事件之後，已經過了一個月。

冬季即將離去，春天就快來臨。

這一個月，我把時間集中在與奧爾斯帝德商量對策，制定鉅細靡遺的作戰計畫。

首先，是關於召集同伴。

我們對這件事訂定了三個方針。

第一，成立一個主要負責收集情報的諜報、雜務組織。

這部分會用到愛夏創立的「魯德傭兵團」。傭兵團的高層人士都是我的人馬。機會難得，就挪用這個組織。讓他們在暗中全力協助我們。

而且要進一步將這個組織擴大到世界規模，讓各分部彼此合作，把各國的情報匯集到總部。這樣一來就算不用去總部，只要去一趟分部就可以詳細了解在那附近發生過什麼事。

組織與其說是為了奧爾斯帝德設立，在作用上更像是輔助實際出任務進行活動的我。就算只論在各地配置部下的這層意義上，也是相當方便。

第二，是拉攏掌權者，或者是今後有可能會掌握權力的人物。

據說拉普拉斯一旦復活便會發動戰爭。依狀況來判斷，開戰對象自然會是人族各國。到時，根據事前是否有掌握到會演變成這種局面，各國的應對能力應該也會有所改變。因此，要事先通報掌權者將來會發生戰爭，喚起他們的注意，為此提供棉薄之力，同時也要求他們要為了八十年後的戰爭慢慢地採取行動。

與拉普拉斯開戰的時候，根據是否有獲得各國的協助，應該也會影響到魯德傭兵團在這場戰爭中能有多少分量。

第三，是以戰鬥為主的武人集團。

這件事姑且可以說是與奧爾斯帝德有關的主要方針。要將能夠代替奧爾斯帝德與拉普拉斯戰鬥的人納為同伴。

如果詛咒解除，能夠與奧爾斯帝德並肩作戰，也可以直接帶去與人神進行決戰。至於找誰才好……這部分在與奧爾斯帝德商量後定案了。

「原本就有與拉普拉斯戰鬥的命運，而且不容易成為人神使徒的人物」。

這就是結論。

鬼神與礦神在這一代雖然不會有直接關聯，卻是今後會與拉普拉斯對立的人物。水神流與劍神流也是。雖然與這一代的人沒有關係，但他們的弟子將會與拉普拉斯對立。

另外，我們也打算向北神卡爾曼三世以及死神藍道夫等長壽的人物知會一聲。

其中也有對拉普拉斯抱有私怨的人物。瑞傑路德也是其中之一。

不清楚所在地的對象就由魯德傭兵團去搜索，再由我親自拜訪執行下跪外交。

根據狀況，或許也有必須賣對方人情的可能性。

總之，會先從看起來很強的人物逐一打聲招呼。

好啦，在聚集這些人的過程當中，也是有一道瓶頸。

就是人神。

那傢伙肯定會派出使徒來妨礙我們。

基本上不清楚會是誰成為人神的使徒。依奧爾斯帝德所說，假如是以往的輪迴會有可能性的高低，但這次的輪迴似乎連至今從未當過的人物也變成了使徒，判斷起來很有難度。今後我在活動的時候，在奧爾斯帝德預料之外的人物化為使徒的可能性相當高。

關於這方面的對策……老實說還沒想到。

所以就索性不去思考了。

基本上我們根本不知道人神是用什麼基準遴選使徒。奧爾斯帝德說過「他傾向於選擇命運很強的人」。但是，目前是連命運不強的人物也成為了使徒。

說起來，我也不太清楚命運強度的基準。

似乎是只有奧爾斯帝德以及人神才知道的規則。

就算按照那道規則一個一個去向奧爾斯帝德請益，也只是操無謂的心，感覺就算想破頭也無濟於事。

對遊戲新手來說，有適合新手的玩法。

總之先對成為伙伴的對象下達「別相信夢中的神諭」這樣的標語廣為周知。

但就算這麼做，使徒恐怕還是會出現。

所以要是感覺可疑就確認對方是不是使徒，是的話再下殺手。

儘管是令人難受的工作，但我打算盡可能去執行。

撇除我會感到難受這點之外，再來就只要朝著專心增加同伴人數的方向去做就對了。

畢竟人神的使徒最多就三個人。

我方則是增加愈多愈有利。

比方說，在我方只有五人的狀況下，要是其中一人背叛為使徒，戰力就會減少二〇％。

而且對方的戰力也自然會相對增加，導致戰況變得很棘手。

但是，假設我方有十人，或者是二十人、一百人、甚至一千人……只要人數增加愈多，哪怕有一兩個人背叛對戰況也沒有影響。

只不過要是領頭者遭到操控，導致底下一千個人全部變成敵人可就糟了，所以為了分散風險，必須要注意別讓一個領頭者擁有太多力量。

總之，暫時還是由我擔任領袖，這部分應該沒問題。

雖然有點不放心我死後的狀況，但比我更加優秀的人才比比皆是。

應該會出現足以託付這一切的人物才對。

更何況，現在還有洛琪希他們在。

另外，除了聚集同伴以外，也有許多該做的事情以及想先弄到手的東西。

其中一項，就是確保和奧爾斯帝德聯絡的手段。

在上次的戰鬥，就是因為聯絡不夠充分，才害帕庫斯因此喪命。

當然，除了聯絡不夠充分之外還有各式各樣的原因。但是……要是有能夠私下與奧爾斯帝德聯絡的手段，應該就能迴避才是。雖說我沒有打算每件事都拜託奧爾斯帝德，但今後會比以往更常分開行動。

為此，聯絡手段是必要的。

在重要的局面與其自己一個人判斷，與某人討論過後再行動會比較好的狀況應該很多。

而且要是能知道對方陷入危機，也能夠馬上衝過去幫忙。

雖說我完全沒有辦法想像奧爾斯帝德需要幫助的場面，反正就算是單方面受到幫助也沒關係，只要有把情報告訴對方的方法就行了。

我基於這樣的想法，試著向奧爾斯帝德商量。

我一邊說明電話這種東西的存在，同時詢問他是否存在著類似的裝置，或是有沒有辦法做出來。

「能傳達聲音與文字的魔道具嗎？」

「只有文字也可以，總之我想最好是就算彼此離得很遠也能夠交換情報。畢竟我想在難以下判斷時找您商量，沒辦法嗎？」

我覺得沒辦法。

這個世界可沒有那麼方便。

「龍族的魔道具之中有類似的東西。只要能重現出來，十之八九是可行的。」

本來我這樣想，但奧爾斯帝德的答覆意外地是個好消息。

「哦，有那種東西嗎？」

「嗯，你應該也看過才對。」

真的假的？

哪裡有那種東西了？

如果有看到，我應該會覺得很方便，我也想要才對。

「就是七大列強的石碑，還有冒險者公會的卡片。」

「喔喔！」

原來如此。

說起來好像是這樣沒錯。

冒險者公會的卡片是用聲控的，七大列強的石碑也會以相同的文章出現在世界各地。

啊——原來如此。冒險者公會的卡片是龍族製造的產物啊。

看起來的確是有點像黑科技的東西……

「雖然需要些許改良，就做做看吧。」

「咦？奧爾斯帝德大人要親自動手做嗎？」

「反正你的出現已經打亂了所有預定。既然有必要最好還是先做起來……而且下次也能活用。」

如此這般，奧爾斯帝德答應要親手做給我。

真是令人開心的失算。

而且奧爾斯帝德看起來似乎下次也打算要把我納為同伴，實在是令人開心。

「也有做不出來的可能性，你再想想吧。」

「是的，老大！」

關於通訊器材方面就這樣吧。

然後，還有一件事。

鑑於上次的失敗，有個東西必須要先搞定才行。

就是魔導鎧的運輸方法。上次費盡千辛萬苦帶去的魔導鎧「一式」結果只用在移動上面。

從城鎮運去要塞時費了相當大的工夫，而且也沒辦法帶進城裡，結果在與死神藍道夫交手的時候也沒辦法用上。

我想，今後應該沒什麼機會與死神等級的人戰鬥。

可是沒有辦法保證絕對不會。畢竟上次陷入了那樣的事態，我想記取教訓事先做些什麼。

當然，為了解決這個問題，目前也正在開發小型且高性能的「三式」。

不過「三式」的製作還需要花上很長的一段時間。

儘管札諾巴也正在全面協助我，但想來不是一兩年就能完成的東西。

所以我想到了一個方案。

就是——是否能直接召喚「一式」。

以前希爾瓦莉爾教過的課程當中，似乎有提到物質是沒辦法召喚的……

不過總覺得只要能稍微翻轉一下想法，應該也能召喚出物質。

關於這部分，我打算自己私下稍微嘗試看看。

如果不行就不行吧。

好啦，關於召集伙伴的方針已經定案。

目前就先一邊擴大魯德傭兵團，同時再與各國的掌權者打好交情，拉攏他們成為同伴就好了吧。

總之先從克里夫與愛麗兒開始。

米里斯教團的教皇親戚，以及阿斯拉王國的下任國王。

將已經與伙伴幾乎沒兩樣的他們，正式納入奧爾斯帝德的陣營當中。
要從他們倆的哪一個先問起呢？
當然是從住在這附近的克里夫開始。
只要克里夫成為伙伴，就能與米里斯教團締結關係。
米里斯神聖國是強國。在與拉普拉斯的戰爭當中，勢必會成為極為強大的戰力。
畢竟戰爭就是靠金錢以及數量嘛。
要是到了緊要關頭，能夠靠關係也不是壞事。
再怎麼說，克里夫也算是我的摯友。
關於奧爾斯帝德的詛咒這方面也很配合，只需要做好口頭約定就足夠了吧。
應該能聽到他二話不說「嗯」一聲答應。
這樣想的我，決定前往克里夫住的公寓。

我來到了克里夫的愛巢。
他們似乎難得沒有在進行愛的行為，午後的公寓顯得十分寂靜。
是說，像他們每天那樣，附近居民肯定也沒辦法平心靜氣地過上生活吧……
不對，他們平常是在學校的研究室那邊做，所以大概只有晚上吧？
「嗨，魯迪烏斯……」

我來到房間後，出來迎接我的是一臉消瘦且憔悴的克里夫。

從艾莉娜麗潔懷孕到剛生完小孩為止的那陣子明明就很有精神，但最近卻總是一臉鐵青。

差不多該擔心克里夫腎虧的問題了。

「哎呀，魯迪烏斯，真是難得呢。」

相較之下，艾莉娜麗潔的氣色卻是柔嫩富有光澤。

她一臉滿足地在幫小嬰兒哺乳。

上半身赤裸，下半身也只穿一件內褲。現在或許是中場休息，等吃完飯後又會繼續大戰。

「嗯，我想稍微談點要事。」

不過話又說回來，大小姐風格的金髮美女半裸幫嬰兒哺乳的畫面，比想像中更像一幅畫。

因為是長耳族，所以她整體苗條且玲瓏有致。

想到她平常風騷的一面與現在猶如聖母般的態度。也算是一種反差萌吧。

我在看希露菲以及洛琪希哺乳的時候，也會感到一種莫名的反差。

最近對艾莉絲也有這種感覺。

那個艾莉絲抱著嬰兒時，明明動也不動地被吸吮著乳汁，卻沒有大聲吵鬧，也沒有毆打正在吸的對象。

女性成為母親幫嬰兒哺乳的模樣，果然充滿了神祕。

「魯迪烏斯，可以請你不要一直盯著看嗎？」

「咦？啊，抱歉。」

當我在胡思亂想時，被克里夫給警告了。

抱歉抱歉，我並不是抱著什麼有色眼光在看的。

「麗潔也是，既然有客人來妳好歹也穿一下衣服吧。」

「哎呀，克里夫真是的……你是在嫉妒嗎？」

「沒錯。雖然魯迪烏斯對妳來說或許就像是家人一樣……」

「我明白了。」

艾莉娜麗潔聳了聳肩，就這樣抱著嬰兒進到了裡面的房間。

「魯迪烏斯，你也是。明明都有三位妻子了，可以不要色咪咪地看著別人的妻子嗎？」

「說什麼色咪咪……」

雖然我想反駁說沒有，但確實是看了。

就算是我也不希望希露菲她們的裸體被人看見。還是道歉吧。

「抱歉，是我不對。下次會注意的。」

「嗯……」

克里夫一邊嘆氣，同時將身體埋進沙發裡。

雖然有一部分應該是因為疲勞，但總覺得他心情很差。難道是夜生活有哪裡不順心嗎？

「那，今天有什麼事嗎？」

「啊，不，該說是有事想拜託你，還是說邀請呢……」

克里夫以混濁的眼神注視著這邊。

總覺得不太好開口啊。乾脆下次再來？不對，在離開前至少要先問一下理由。

「……出了什麼事嗎？」

「也沒有什麼……」

克里夫原本打算說些什麼，卻搖了搖頭。

「不，你來得正好。反正這件事也必須告訴你……」

開場白感覺有很深的含意。

讓我想起札諾巴之前那件事。

「其實，我收到了米里斯神聖國的祖父寄來的信。」

連模式也一樣。

既然如此，是用來釣克里夫的陷阱嗎？又要戰爭了？又是人神的陷阱嗎？

不對，不管怎麼樣，我原本就打算要拜託克里夫擔任我與米里斯神聖國之間的橋梁。

畢竟本人似乎也是這麼打算，這次不能有要帶他回來之類的那種天真想法。

當然，希望他能待在夏利亞也是事實，不過我要以目的為重。

克里夫挺起身子，從櫃子上取出一封信。

這也有很強烈的似曾相識感。

信上肯定是寫說祖父為了栽培克里夫花了多少錢，為什麼要付出這麼多錢。是為了讓他成為我方陣營的力量。什麼時候要讓他成為那股力量？就是現在啊！

上面肯定是寫了像這樣的內容吧。

我必須要仔細閱讀這封信。

「啊，不是那麼嚴肅的問題啦。」

克里夫輕輕搔了搔臉頰的同時這樣說道。露出一副很尷尬的表情。

「因為我以前就提過畢業之後就要回去。他只是在擔心我的旅費和旅途會不會有問題。」

聽他這麼一說，我看了看內容。

開頭，是從慰勞克里夫身體健康的話開始。

然後，是告訴他要是沒有旅費，就將附在信裡的米里斯教團幹部徽章出示給米里斯教會。

由於目前在米里西昂的權力鬥爭屈居劣勢，要回來的話勢必得做好覺悟，如果還沒做好覺悟，也可以不用回來，內容是像這樣嚴厲的提醒。最後則是提到儘管寫了很嚴肅的事情，但還是久違地想看看你的臉，衷心期盼你回來這番話做了結尾。

整體來說，是一封顧慮到克里夫的心情，讓心頭一暖的信件。

我沒有見過克里夫的祖父，不過似乎是個好人。

這封信有什麼問題嗎？

「老實說，我正在猶豫。」

他指的猶豫，是指覺悟云云的話吧。

「我原本打算一畢業後就立刻返回米里斯。畢竟我為此累積了不少修行，即使是到現在這一刻也一直都是如此打算。而且我也有自信能在米里斯教團的權利之戰之中脫穎而出。」

「也是呢。」

克里夫原本就一直是這麼說的。

一旦從這所學校畢業，就要回到米里斯神聖國，繼承祖父的衣缽……

不過，他最近理解到要繼承教皇的衣缽頗有難度，所以正在腳踏實地作為神父努力修行。

「可是……」

克里夫坐在沙發上抱頭煩惱。

「畢竟我也結婚了，還生了小孩。」

光聽到這句話，我就了解他的煩惱。簡而言之，與我平常總是在煩惱的事情屬於同一類。

「米里斯教團會毫不猶豫地將矛頭指向弱者……也就是敵方的家人。」

「……」

「麗潔還好，她有能力保護自己。可是克萊夫甚至還沒有辦法用自己的腳站起來。我……沒有自信能夠徹底保護他。」

我明白他煩惱的心情。

不管什麼時候，都會希望重要的人能待在安全的地方。

「更何況，我甚至還沒把結婚這件事告訴祖父。萬一米里斯教皇的孫子與長耳族結婚的事實傳開，或許會形成奇怪的醜聞。也可能會因為那個醜聞而被扯後腿導致失勢。」

因為米里斯教會對其他種族施加很大的壓力。

長耳族是大森林的居民，似乎沒有那麼受到排斥，但據說一部分的過激派會僅因為不是人族就加以迫害。更何況艾莉娜麗潔在長耳族當中好像也不是處於很好的立場，說不定會有很嚴苛的現實在等著他們。

「當我反覆地在腦海思考著這種事情時，就搞不清楚到底該回去還是不該回去，然後轉而向麗潔撒嬌……最近老是在重複這種事情……事到如今，我才明白札諾巴當初為什麼會那麼固執了……」

克里夫本身肯定是想回去，認為自己不回去不行吧。

但是，這樣會讓妻小陷入險境。而且也有可能因為妻子而連帶讓祖父也受到不好的影響。

在這種狀況下，自己依舊該朝著自己的道路前進嗎？

不知道。我也一樣不知道。

不過，這次我之所以來到這，也是為了說關於那方面的事。

現在的我，能夠成為他的救命索。

「克里夫學長。」

「…………怎麼了？」

「你願意正式投入奧爾斯帝德大人的麾下嗎？」

克里夫呆愣著臉望向這邊。

或許是我的說法有問題。不過，要是說「成為我的伙伴」之類的讓他誤解也很傷腦筋。

或許還是說清楚比較好吧。

「這是什麼意思？」

「只要成為奧爾斯帝德大人的屬下，我與奧爾斯帝德大人就能全方面地協助你。也有可能在保護艾莉娜麗潔小姐以及克萊夫的同時，引導克里夫學長的陣營取得勝利。」

克里夫皺起眉頭。

「如果接受你們的協助，我該做什麼才好？」

「掌握權力之後，希望你們能為了拉普拉斯復活的時候做好準備。」

話說到這，我陳述了我們的計畫。

以奧爾斯帝德為中心的八十年後的計畫。

雖然已經向克里夫說過有關人神的事情，不過我還是從頭開始仔細說起。

「……」

當一切全部說完時，克里夫面露難色。

「你意下如何？」

聽到我這麼問時，克里夫陷入了短暫的沉默。

他環起雙臂，閉上眼睛，發出充滿煩惱的沉吟。

「唔——……」

我認為這件事對他而言並不是壞事。

克里夫也知道奧爾斯帝德身上散發出來的厭惡感是因為詛咒而來。儘管他不知道去除掉詛咒後的奧爾斯帝德為人如何……但就算不把奧爾斯帝德算在內，最起碼我不會背叛克里夫。要是他懷疑我反而很令人傷心。

「能再給我……一點時間考慮嗎？」

經過了一番煩惱後，克里夫擠出了這句話。

「馬上就到畢業典禮了。我會在那之前做出決定。」

既然他已經決定好期限到什麼時候，我自然也不得不點頭同意。

我對他為什麼沒有老實點頭有些想法。

但是，說不定克里夫本身也不知道自己為什麼會迷惘。

「既然這樣，請和艾莉娜麗潔小姐也商量一下吧。畢竟這不是應該一個人煩惱的問題。」

「咦？噢，也對。謝謝你。」

克里夫這次老實點頭之後，露出了淺淺的笑容。

想必艾莉娜麗潔也聽到了剛才那番對話了吧。從剛剛開始就可以從門縫那邊隱約看到鬼鬼祟祟的金髮。

如果是她，應該能順利地引導克里夫。或許到時的結果並不會如我所願……但如果是那樣也沒有關係。

「那我下次再來。」

「嗯，總覺得對你很不好意思。」

「不會，覺得煩惱或是難受的時候，自然要互相幫忙。」

說完這句話，我便離開了克里夫的房間。

最後也沒有忘記向艾莉娜麗潔使了個眼色。

總之，等到畢業典禮再聽克里夫的回答。

到畢業典禮為止，大概還有兩個月。

在這段期間，先推進想拜託札諾巴負責的計畫吧。

第二話「札諾巴商行」

札諾巴不再是王子。

他處分掉象徵王族的物品變賣金錢，在我家附近蓋了間房子。

是棟二樓建築的小巧房子。考慮到可以製作人偶，一樓是設計成類似車庫的空曠空間。

居住空間主要是在二樓。他似乎會在那邊與金潔、茱麗三個人一起生活。

以三個人住來說算是十分寬敞。

雖然不知道這三個人今後的關係會如何演變……

是不是會結婚呢？

總之，暫時可以靠著積蓄，正確來說是他身為王族時所收到的金錢，生活上應該不要緊。

不過考慮到今後會不斷減少，我決定支付他製作魔導鎧的薪水。

也就是研究開發費。

札諾巴雖然願意收下，但臉色並不是很好看。

「明明不是本人一個人做的，卻只有本人收下金錢，總覺得實在很過意不去。」

像這樣，他讓眉毛扭成八字如此說道。

我也不是不了解他想說的意思。魔導鎧是由我、札諾巴與克里夫三個人通力合作製造的。

只有札諾巴領取研究開發費，並不符合道義。

但是，如果要這麼說，最不講道理的人是我才對。

我現在會穿上魔導鎧出門工作，收取報酬。換句話說，至今為止只有我在用大家一起製作的魔導鎧，並透過它賺取金錢。

儘管製造魔導鎧的目的並不是為了賺錢，但人類這種生物會為了追求金錢而互相殘殺。如果要追求平等，自然得將錢也付給克里夫才合乎邏輯。

不過基本上，克里夫並沒有為錢所苦，是不是會收下倒也很難說。

算了，先不提這個。

假如有人要求支付金錢，我手邊的錢也好歹夠我支出。

在我的熟人當中沒有貪得無饜的傢伙，會要求明顯貴得嚇人的金額。

而且如果對方感到困擾，我本身也有幫忙出錢的餘裕。

人類在金錢方面也有餘裕的時候，果然也必須對他人溫柔才行。

總之，魔導鎧是必要的東西，札諾巴製作人偶的技術也同樣是必要的。

對必要的東西支付金錢。這是理所當然的道理。

如此這般，目前札諾巴可說是過著穩定的生活。

我站在那樣的札諾巴家門口，做了一次深呼吸。

他說過就算屋主不在家，我也可以自由出入這裡。

不過，要進門時得先確實敲門。

那是親暱的朋友之間該有的禮儀。

「札諾巴——是我——！幫我開門——！」

我一邊使勁地連搖門鈴，同時呼喊札諾巴。

「喔喔，師傅。請進請進，門開著呢。」

非常快就得到了回應。但是，我還是要小心再小心。

「真的嗎——？我可以開門嗎——？我真的要開嘍——？要阻止我就得趁現在喔——？我一旦動了可就停不下來嘍——？」

之前就是沒有再三確認，所以才會發生幾近刑案的慘劇。

「雖然不懂師傅您在說什麼，但本人不會阻止的，請進。」

「真的嗎？應該沒有女性在你旁邊更衣吧？」

「不要緊的。」

我相信了。相信了札諾巴。

沒錯。我要相信他。

在那本未來日記上，直到最後都相信著我的他。

即使世界倒轉，我也要相信札諾巴。

「那麼，我就打擾了。」

我打開大門踏進一步，眼前就是札諾巴的工房。

在寬敞的空間擺放著兩張工作桌，到處都堆著木箱以及人偶。

札諾巴坐在一張桌子前面。

茱麗也跟他在一起。

如果只是這樣看起來就一如往常，但今天的氣氛有些不同。

具體來說，問題在於茱麗所坐的位置。
平常的茱麗，總是會待在離札諾巴稍微有些距離的桌子那邊製作人偶。
然而，今天卻沒有坐在那張桌子前面。
「……」
茱麗坐在札諾巴的大腿上。
她一邊坐在札諾巴的大腿上，同時以認真表情幫人偶上色。
至於札諾巴，則是在她頭上慎重地削薄魔導鎧的零件。
儘管削薄的鐵屑撲簌簌地落在茱麗頭上，然而她並沒有介意。
「札諾巴……一陣子不見，你和茱麗的感情變得相當要好了呢？」
「嗯，不行嗎？」
茱麗的身高矮小，配合札諾巴高大的身材，兩個人看起來就像是對兄妹。
不過，還算安全。如果只是坐在大腿上一起製作人偶……
可以視為沒有任何淫行的嫌疑。不對，就算下手也不算犯法。
畢竟這世界沒有兒童保護法，不會因此而受到責備。
不過該怎麼說，就是，懂我的意思吧？
既然我都再三確認過了，還是希望他們別靠這麼近。
「沒有，看起來很溫馨。」

我一邊這樣說著，同時將擺放在工房角落的椅子拉了過來坐下。

「那麼，師傅，請問您今天有何貴幹？」

「嗯。」

當然，我並不是來札諾巴這邊和他閒聊。

雖說我已經拜託札諾巴製作魔導鎧，但我希望再拜託他同時進行另外一份工作。

「札諾巴，其實我今天來，是要給你一項任免令。」

「哦……任免令嗎？」

「沒錯，任免令。」

我一邊這樣說道，同時從胸口取出一張紙片。

我用雙手高高地舉著，遞給札諾巴。

札諾巴慌慌張張地放下茱麗，快速地把沾在胸口的鐵屑撥掉，恭恭敬敬地收下。

實在是很講禮數的男人。

「哦，失禮了。」

「嗯……上面寫著『任命札諾巴．西隆為人偶販賣部門的負責人』啊。」

「嗯，還請你務必接下。」

「要接下當然是不成問題……不過之前說的計畫不是決定要延期了嗎？」

這份任免令，是代表要啟動老早以前就預定好的瑞傑路德人偶販賣計畫。

他或許會認為，為什麼要選在這個時期。
但是，正因為是現在，我們才不得不這麼做。
今後在拉攏各國掌權者的同時，我們也得召集到時有辦法與拉普拉斯戰鬥的伙伴。
但是，其中有好幾個人掌握不到目前的所在地。
比方說……沒錯，瑞傑路德。
如果按照原本的歷史，他應該會待在魔大陸，但是在這次輪迴則是跟我一起移動到了中央大陸。
他最近杳無音信，我也無從得知他的行蹤。
雖然我認為以他的實力應該不會有個什麼萬一，但目前處於無法立刻跟他碰面請求協助的狀態。
不過，因為他也不是特地消聲匿跡躲起來，只要搜索一下或許就會在某處找到人。
但是，一提到「為了打倒拉普拉斯，麻煩你協助我」，我第一個想拜託的人果然還是他。
也沒有必要隱瞞，我要的就是他。與拉普拉斯有頗深因緣的他。
希望不管用什麼方式都要找到他，再由我親自拜託。
我想要給他能向拉普拉斯報仇雪恨的機會……
不過這有一半是場面話。至於另一半的真心話，只是我單純地想與久違的瑞傑路德見上一面。要是能再見到他，一起朝著相同的目標前進該有多好。

儘管幾乎是自私的理由，但我決定依照這個原則，開始販賣瑞傑路德的人偶。
我的計畫是比起單純去找，這種方式應該會更加快速。
更何況關於提昇斯佩路德族的形象這方面，也是從很久以前就有在計劃的……
我姑且也準備了其他的官腔說法。
比方說，關於魔導鎧好了。
要製作魔導鎧這樣的兵器，只靠我、札諾巴與克里夫三個人確實有感覺已經走到瓶頸。
再這樣下去，「三式」也有沒辦法完成的可能性。
於是在此時大規模地販賣人偶。
經營生意擴大規模的同時，再募集技術者，栽培後進。
畢竟製作人偶的技術可以直接適用在魔導鎧的製作技術上。
增加了解札諾巴或是克里夫技術的專家，每個人各自思考進行嘗試，自然能夠提高產生某種革新想法的可能性。
無論在任何世界，栽培技術者都是至關重要。
「——如此這般。」
我把上述的事情鉅細靡遺地向札諾巴說明。
「雖說只是我想這麼做，但製作魔導鎧的技術是我今後也想拓展下去的領域。你比任何人都要了解這項技術，所以我希望能由你擔任負責人。」

「嗯……」

「我從以前就在魯德傭兵團尋找清楚經商之道的團員，到時會派他在你身邊支援你。當然，開設第一間店時，我和愛夏也會協助你……你願意嗎？」

「是！請交給本人。」

札諾巴乾脆點頭，然後單膝跪地

在旁邊看著這幕景象的茱麗也慌張地跪下。

「Grand Master！我應該要做什麼才好？」

「茱麗妳就跟在札諾巴身邊，聽從他的指示。」

「是！」

我也會讓茱麗在這部分付出相當的努力。

今後想必能讓瑞傑路德人偶進入初期批次的量產體制吧。

為了札諾巴賺錢。

只要聽到這句話，她肯定也會充滿幹勁。

「那麼，詳細狀況我們日後再談。今天就先這樣。」

「明白了。」

好啦，那麼我就把之前在傭兵團相中的人物帶過來吧。

★★★

幾天後，我帶了兩名人物一起來到札諾巴家。

其中一人是戴著圓眼鏡，看起來懦弱的男子。

順便說一下，髮型不是香菇頭，而是三七頭。

服裝是繡有黃色刺繡的黑色外套，種族是人族。

「從今天開始，這裡就是你的職場。」

「呃，是……」

「聽好了，約瑟夫。這個重大計畫，就算說是操之在你的手上都不為過。」

我這樣說完後，他使勁地嚥了一口口水。

「但是，你也不需要太過勉強自己。對於我們的主人『那位大人』而言，這個計畫不過是不可計數的計畫其中之一。」

他的名字叫約瑟夫。

由於個性懦弱不勝酒量，經常鐵青著一張臉，在傭兵團被取了綽號「阿藍」的一名人物。

他在來到傭兵團的不久前還是一名商人。

這個世界的商人，基本上都是從行商開始。

存了錢後提高在公會與商會的地位，成為大型商人的部下或是弟子，進一步累積儲蓄以及經驗後再擁有自己的店。

有一間店後只要上了軌道，就能當上大商行的店長或是商會幹部，再不然就是被遴選為王室御用的店家。

據說約瑟夫有一陣子擁有自己的店，但當時發生了嚴重的失敗，因此失去了一切。

至於那個嚴重失敗是什麼，至今他仍避而不談。

不過，肯定是跟女人扯上關係才會失敗。

以鐵口直斷的語氣這麼說的人是莉妮亞。

當然，莉妮亞的鐵口絲毫不存在任何可信度。就好比是碎成一團的餅乾。

照我的猜想，他的失敗應該與酒有關。喝酒喝到酩酊大醉，然後對女工作人員出手，結果遭到仙人跳……啊，這樣跟莉妮亞沒什麼兩樣啊。剛才不算。

算了，總之失去了一切的他在輾轉之下來到了傭兵團。

我詢問愛夏之後，發現他對事務以及會計方面非常能幹，看來曾經擁有自己的一間店並非信口開河。

既然連那個在判斷能力上很嚴謹的愛夏都斷言他「很能幹」，想來實力是相當了得。

……不對，愛夏也認為我很能幹，所以或許其實什麼大不了的。

總而言之，我由於這樣的經過而特別遴選了他。

作為成立札諾巴商行的專屬顧問。

「不……不要緊嗎……我聽說札諾巴大人是名令人唯恐不及的人物……要是生氣就會把人的身體砸向天花板，壓成肉餅之類……」

約瑟夫的臉色鐵青到一個驚為天人。

「約瑟夫，那只是單純的謠言。在哪個世界會有人發起脾氣就把別人的身體砸向天花板呢？如果真的生氣，不是應該砸向地面才對嗎？沒錯吧？畢竟地面比較硬嘛。」

「說……說得也對……」

我沒有說謊。

札諾巴只有在因為開心而雀躍得忘我的時候，才會把人砸向天花板。生氣時是對顏面使用鐵爪功。

「總之，不要惹他生氣當然是再好不過。不過，這種事不論對誰都是一樣吧？既然你好歹也算是一名商人，自然也會認為無論面對的是誰，都要笑臉迎人比較好吧？」

「不……不是，偶爾也會有讓對方發怒才會比較好的狀況。」

「哦？」

「因……因為憤怒會導致判斷失準。尤其是在面對敵人的時候，有時讓對方因為憤怒而產生誤判，反而會更容易進行交涉。」

原來如此。

關於敵人啊。不過，我們現在談論的並不是敵人。

「札諾巴算敵人嗎？」

「不……不是！非常抱歉。我並沒有打算挑您的語病……」

「不用在意。是我的想法不對。也對，有時確實讓敵人生氣反而比較好。」

「是……是的……當然，札諾巴大人並不是敵人……我也沒有打算惹他發脾氣……只是，因為我自己，在傭兵團，常常惹怒其他人……」

的確，他在有著許多豪放勇者的傭兵團，確實顯得有些格格不入。

恐怕是因為他生性膽小又戰戰兢兢。

透過愛夏的介紹面試他的時候也很誇張。

出現在團長室的他，臉色不只是鐵青根本是慘白，樣貌與死人別無二致。

由於他以為自己犯了什麼錯誤，肯定是因為那個理由而要遭到懲罰，所以他講起話來臉上始終掛著僵硬的冷笑，滿嘴阿諛奉承。

我甚至在想，這傢伙真的沒問題嗎？

實際上，愛夏也打算取消這次推薦。

他以商人來說是落伍的。

換句話說，就是一名失敗者。

經歷過失敗的人所提出的建議多半沒辦法期待。

因為他們不了解自己為什麼失敗，有重蹈覆轍的可能性。

由總是重蹈覆轍的我來說這句話肯定沒錯。

但是，任何事都會伴隨著失敗。

經歷過多次失敗的人擁有寶貴的體驗。

況且，要是讓失敗以失敗的狀態下告終，不管經過多久人都不會獲得成長。

就算不是一〇〇%成功也沒關係。

就算達成率只有六〇%，只要拿到及格分就能改變眼前的世界。

成功的體驗會改變一個人。

只要讓成功體驗在他的內心扎根，將來勢必會成為出色的人才。

所以，我才會處心積慮地把這項計畫交給他。

「『那位大人』不僅對失敗很寬容，對成功也會給予合理的報酬。如果你能夠成功完成這項計畫，將來想必可以直接成為傭兵團營業部門的負責人。」

「這……這我實在是不敢當。」

「或許是吧。然而，你沒有拒絕參與這項計畫，願意來到這裡。這就說明了一切。」

我自認講了一句非常出色的結語。

「你什麼都不用擔心喵。札諾巴根本就像是我的小弟喵。你可以抬頭挺胸，要是出了什麼事告訴我就行了喵。再來就是靠你的毅力了喵。」

我出色的結語被另外一名人物搞砸了。

是莉妮亞。

在成立計畫的時候，不知為何她也跟了過來。

她的態度就像是在做生意這個點上有獨到之見。

莉妮亞其實是在正式以商人身分活動前就破產了，所以就算擺出像是有獨到見解的態度，也頂多是外行人學了點皮毛而已……

「團長……謝謝妳。有妳在我就放心了。」

有她跟在身邊，約瑟夫似乎也感到安心，既然她也有自己的立場，所以我目前也不打算說什麼，讓她暢所欲言。

不過，要是她太過礙事我就打算把她轟出去。

「總而言之，先進來吧。」

再繼續講下去也是平行線，所以我打開了札諾巴家的入口。

「札諾巴，我前幾天跟你提過的那件事……」

我注意到狀況不妙。

又忘了敲門。

門喀恰一聲地打開，呈現在眼前深處的是難以置信的光景。

札諾巴家的一樓，裡面坐著札諾巴以及茱麗，他們各自都在調整著人偶。這次茱麗沒有坐

在大腿上。

所以，這部分不打緊。

但是當我進門的時候，有名人物頓時僵在原地。

是金潔。她正寶貝地抱著一隻可愛的狗娃娃。

「怎……怎麼了……？」

金潔與娃娃。

哎呀哎呀，與其說很不適合，不如說是意外的組合。

感覺好像看到了什麼不該看的畫面。

老實說，我以為金潔對那種東西完全沒有興趣。

說不定是因為札諾巴不再是王族，所以導致她的心境也產生了變化。

嗯。冷靜下來仔細想想，也不是完全不可置信。

不應該對別人的興趣說三道四。

「呀哈哈哈！騎士竟然在抱著娃娃喵！像個小孩……喵！老大，你做什麼喵，等等——」

我把莉妮亞攆了出去。

順帶一提，獸族有拿魔物及動物的模型用來練習狩獵的遊戲。真的是小孩才會玩的遊戲。

所以這也是情有可原。她並不是在嘲弄金潔的興趣。

只是基於獸族的常識才會做出這樣的舉動。

話雖如此，被這樣說的人肯定很不是滋味。金潔露出一種十分害羞，無地自容的表情。得幫她說幾句話才行。

「嗯哼，真是不錯的娃娃啊。請問妳是在哪購入的呢？」

哎呀，講話的口氣有點像札諾巴。

「……這是阿斯拉王國的進口商品。作者是班杰，據說他會使用毛皮的布料，製作出這樣的人偶。」

「班杰啊。名字和金潔聽起來很相像啊。」

「是的。所以我才會有些中意……有這麼孩子氣嗎？」

「怎麼會。請別在意不懂得看氣氛的貓說了什麼。因為那傢伙根本不了解什麼叫興趣。金潔小姐只要疼愛自己所喜歡的東西就好。」

「……是！謝謝你。」

當我們聊著這樣的對話，可以感覺到札諾巴擺出了非常溫馨的笑臉。

那副表情與看到朋友掉進名為興趣的泥沼的宅男十分相像。

想必他對金潔對人偶產生興趣一事感到很開心吧。

不過因為是狗娃娃，不算人偶就是。

「魯迪烏斯大人，那位是？」

「噢，我來介紹。札諾巴。」

「是！」

我叫了札諾巴後，他立刻挺起身子，隨手拍掉沾在衣服上的鐵屑，並走到了這邊。

茱麗則是小步地跟在後面走了過來。

「他叫約瑟夫。在傭兵團當中是特別熟悉經商之道的男人。我想讓他作為販賣人偶方面的顧問跟在你身邊。」

「嗯。」

札諾巴的眼鏡閃出犀利光芒。

他的視線就像是在打量約瑟夫。

茱麗也把眼睛朝上瞪著約瑟夫。真可愛。

「師傅，恕我冒昧，請問他對人偶有多少了解？」

「是完全的外行人。」

「哦？」

札諾巴挑了一下眉毛。

「畢竟是師傅的選擇，想來是有經過什麼考量。為什麼要介紹這麼一個人偶門外漢擔任顧問呢？」

真稀奇。

因為是札諾巴，我以為他會二話不說就接受他擔任顧問。

認為既然是師傅所下的判斷肯定是有什麼考量，並不會特地過問。

「失禮。只是本人還是想事先了解。畢竟本人也並不是把這件事當成兒戲。」

「我當然會說明的。」

想必札諾巴也是打算全神貫注地投入這項工作。

追隨在奧爾斯帝德底下，幫帕庫斯報仇。

為了從事這份工作，他已經下定決心了。

他絕對不是因為不想要不了解藝術的傢伙對自己的工作說三道四，並不是因為那種理由才這麼說的。

對吧？

「首先，由於他原本是名商人，對於經商可說是熟門熟路。第二點。由於他身為商人曾遭遇過一次失敗，因此很小心翼翼。由於他對人偶方面是完完全全的外行人，能以外行人的角度來思考事情。」

「外行人的角度……是嗎？」

「沒錯。在這次的計畫當中，販賣人偶的對象並非都是像你這樣的收藏家。是以外行人為主。根據到時狀況，對象也很有可能是對人偶毫無興趣的人。面對那種對象該怎麼賣……當我們提出某些主意的時候，如果身為外行人的他不認為這麼做會讓自己也想買，自然沒辦法賣給外行人。」

「原來如此！真不愧是師傅。確實，要推廣藝術，有時也必須要以孩童般的角度思考。」

札諾巴這樣說完後，茱麗也連連點頭稱是。

總而言之，札諾巴這邊算是ＯＫ了吧。

不過因為什麼都還沒開始，也算不上已經ＯＫ。

「約瑟夫。他就是札諾巴。今後會擔任你的上司。」

「是……是！請多多指教！我會誠心誠意，在這裡努力賣命！」

約瑟夫做了傭兵團特有的行禮方式。

或許是因為莉妮亞教育有方，他行禮的動作相當漂亮。

「嗯，本人是札諾巴。讓我們攜手合作，將人偶推廣到這個世上。」

札諾巴這樣說完，便和他握了手。

不過啊札諾巴，你可不能搞錯目的喔。

要推廣人偶當然至關重要，但目的是取得與傭兵團不同管道的資金，獲得商業方面的組織，以及栽培技術人員吧？

算了，這也是場面話，我的目的其實是再次見到瑞傑路德。

哎呀，雖然說是做生意，其實別拘泥在人偶也沒關係吧……

「那麼事不宜遲，我們立刻來開個作戰會議，決定該如何成立第一間店吧。」

既然彼此已經照過面了，就開始談工作吧。

★★★

「首先，這些是要成為主力的商品。我正在思考將這些以庶民為對象進行販賣。」

札諾巴家的一樓，作為工房使用的那個場所，我擺著瑞傑路德人偶與一本畫冊在大桌上。

書的內容是瑞傑路德的英雄傳記。

是由諾倫所寫的。

「要同時販賣畫冊與人偶」。

這是從以前就在醞釀的主意。

當然，販售這本書已經獲得了諾倫的許可。

儘管在這個世界並沒有著作權，但是這部分必須要確實講清楚才行。

「原來如此……」

約瑟夫將書拿在手上，開始快速翻頁確認內容。

「故事內容是……被稱為惡魔的斯佩路德族，其實是引導戰爭結束的英雄嗎……販賣這種東西真的不要緊嗎？」

「我已經獲得許可。」

「……誰的？」

「當然是佩爾基烏斯大人。」

約瑟夫的臉僵住了。

還需要取得誰的許可啊。他可是在登場人物當中還唯一生存的人物。

有肖像權的只有他一個。

不過，在這個世界不存在肖像權那種東西。

「那個，米里斯教不會施加壓力嗎？」

「也是。販賣讚美魔族的東西肯定會有人覺得反感。不過，把斯佩路德族當作惡魔看待的，並不只限於米里斯教，而且在這本書裡面也有引用米里斯教的聖書所寫的句子。以米里斯教的角度來看，主角的行為也是正確的。」

或許是因為諾倫是米里斯教徒，作品中穿插了許多米里斯教的教義。

這代表她尊重米里斯教。

只要好好閱讀內容，搞不好也能明白米里斯教是個出色的宗教。

算了，就算很出色我也沒辦法加入米里斯教，因為我的妻子太多。

「是這樣啊……由於我並非米里斯教徒不是很清楚，但既然是這樣應該沒問題吧。」

實際上，想必也會有人無視內容，對這本書的存在挑三揀四。

不過就算認真去應付那些傢伙也是沒完沒了。

我想要販賣這本書。想挽回斯佩路德族的名譽。

他們不希望販賣這本書。斯佩路德族的名譽根本不關他們的事。

既然兩邊都沒有讓步的打算，也只能吵上一架了。

「總而言之，在發售這些書的時候，要在哪以什麼方式販賣會更有效果……約瑟夫，我想聽你無所忌憚地陳述意見。」

約瑟夫交互看著人偶與書好一陣子。

不久他抬起頭，然後斬釘截鐵地說道：

「這樣子是賣不出去的。」

哎呀，這真是令人意外。

「你這傢伙……！」

「好啦好啦先等等先等等。」

我安撫著向前踏出一步的札諾巴。

就先聽聽他怎麼說吧。

「書本這種產品，基本上就不可能爆發性地暢銷。首先，能閱讀文字的人本身就不多。這個不是要賣給收藏家，而是要賣給外行人對吧？如果對象是王侯貴族多少賣得出去，但若是以庶民為對象，我想頗有難度……」

如果只限定在王侯貴族以及收藏家還有可能賣得出去，是嗎？

如果單純以賺取金錢為目的那倒未嘗不可。不過，我的目的不一樣。

只是把想法傳遞給一定範圍內的對象就沒有意義了。

唔……

「師傅，我們是不是忘記了一件事呢？」

「嗯？」

此時，札諾巴讓眼鏡閃出銳利的光芒。

不對，並不是札諾巴刻意讓眼鏡發光。而是因為他踏出一步，反射了陽光。

「師傅，我記得您以前曾說過也可以附上這種東西再賣……」

札諾巴這樣說道，把約瑟夫拿著的繪本從他的腋下抽出，接著快速翻頁。

他翻開的是繪本後方的頁數。攤開之後，約瑟夫倒抽一口氣。

「這是……文字的練習表嗎？」

沒錯，這是用來學習文字的表格。

上面寫著閱讀文字的法則、筆劃順序以及練習方法之類。儘管光靠這個沒辦法流利地解讀各式各樣的文字，但只要照著這個去學，起碼可以設法閱讀簡單的文章。

老實說，這是我非常有自信的作品，也是擁有實際成果的商品。

是將那個基列奴．泰德路迪亞教導到能閱讀文字的理論，以表格統整出來的產物，這樣說明想必就能了解它的驚人之處。

「文字的教科書基本上根據各國不同，種類是五花八門，不過這個很好閱讀。如果附上這個，我想關於文字方面應該可以說是沒問題了吧。」

約瑟夫一臉佩服地再三點頭。真令我害羞啊。

然而，約瑟夫接著望向人偶，然後皺起了眉頭。

「不過，要同時販賣書本以及人偶，關於這點，老實說我不認為是個好方案。因為想要書的與想要人偶的應該是不同族群……」

「也是啦。」

仔細想想，這也是理所當然。

明明是要去買書，結果還收到了大型人偶，或許反而會令對方感到困擾。

「不，這點不嘗試看看怎麼知道。尤其是如果今後打算習得文字，應該會有許多人衝著這點買給小孩。附上會讓小孩產生興趣的人偶，未必會是錯誤的選擇。」

「原來如此，小孩子啊……這話說得也有道理。」

約瑟夫點頭贊同札諾巴的意見。

「不過既然這樣，不如製作小孩子會更想要的人偶比較妥當吧？這具人偶，看起來實在過於嚴肅。」

約瑟夫一邊這樣說著，同時拿起人偶的頭，結果頭髮滑落，他看到了光滑的頭部，身子猛然顫抖。

「如果是憧憬英雄的男孩子，像這種程度不是正好嗎？」

「不過世界上的小孩並非只有男孩。我認為最好也要有女孩會想要的人偶。」

女孩子會想要的人偶啊。

是指像芭○娃娃那種時尚的人偶嗎？或者說，是比較像吉祥物的那種小巧可愛的傢伙呢？我不是很懂女孩子的需求。下次再看看露西想要什麼類型的吧。

不過話又說回來，約瑟夫原本那種戰戰兢兢的感覺不知不覺就消失了。

搞不好他和札諾巴意外地投緣。

我先稍微沉默一下，聆聽他們兩個人的對話吧。

「所以，請問目前預估的販賣型態是什麼類型呢？」

「本人打算暫時按部就班地在店家販賣。一旦增加庫存，擺攤販賣應該也不錯。」

「擺攤嗎？那樣會……不對，因為在冒險者當中也有許多人不識字，應該沒問題吧。畢竟他們也沒有去學校上學的餘裕。」

「你覺得店鋪的場所要設在哪比較妥當？」

「基本上應該要設在人來人往的場所，但我聽說這次做生意的目的也是為了『增加技術人員』。那麼以夏利亞來說，先將店開在工房街應該是較為妥當的做法。」

「意思是要強化作為工房的特質對吧。事先做好大量生產的準備，要是資金充裕，就在大街上開店，一口氣清出庫存。」

「正是如此。問題是要在大街的哪裡開店……要是新來的冷不防發動金錢攻勢搶下不錯的位置，商業公會勢必也不會給我們好臉色。可是位置又很重要……」

「嗯……那麼，乾脆在阿斯拉王國之類的地方開店如何？」

「的……的確，要是能在阿斯拉王國開店，招攬客人的能力是夏利亞所望塵莫及……但考慮到運輸成本，這樣的做法並不實際。從這裡到阿斯拉王國不知道要花上好幾個月……」

「沒什麼，既然如此就在阿斯拉王國開店吧。所幸本人與師傅都與下任阿斯拉王是老交情。比在夏利亞活動起來更加方便。」

「雖然我已經聽說他是充滿謎團的人物……不，說得也是。畢竟是被稱為『龍神的左右手』的人物。總而言之，只要能在阿斯拉王國收到實際成果，在夏利亞的生意做起來想必也會更加得心應手——」

他們兩個人把我晾在旁邊，順利地將話題進行下去。

札諾巴聽著約瑟夫所說的話，一邊感到佩服，同時又將構想整理起來。

約瑟夫也比在傭兵團的時候更加生氣勃勃。

嗯，像這樣一看，會覺得選擇約瑟夫是正確答案。

看到他一直惴惴不安地參加面試時，我還在想狀況不知道會怎麼發展，但是他果然很喜歡做生意。

這就是所謂的好者能精。

雖然說不定又會失敗……不過那樣也沒問題。

「——總之，就先以這樣的計畫來進行吧。會長，請問這樣可以嗎？」

糟糕，我沒有聽他們講話。

我偷瞄了金潔與茱麗的方向。

茱麗似乎不是很能理解，露出有些不安的表情。

金潔則是擺出了「應該沒問題吧」的表情。

「金潔小姐，妳怎麼看呢？」

「我也只是稍微學過皮毛所以沒辦法講得很篤定……不過就我聽到的內容來看，應該能順利地上軌道。」

哦，原來她有在學習啊。

真是了不起呢，金潔小姐。

我也必須找個機會稍微學習一下才行啊。如果有那種空閒就好了。

「也對。我對做生意方面學藝不精所以沒辦法判斷。總之我會先把計畫與狀況告訴愛夏，要是有她掛保證，就照這個方向來嘗試吧。」

現在先暫時去詢問愛夏的意見，到時再好好學習吧。

在那之前，還是先稍微學習一下這個世界的商業吧。不過，也只算是臨陣磨槍罷了。

與其以臨陣磨槍來判斷事情，不如將已知的事情作為判斷的依據。

總之顧問交給約瑟夫沒有問題。

畢竟就連愛夏也評論約瑟夫是名優秀人才。

然後，身為負責人的札諾巴也同意此事。

那麼，立場在他們之上的我應該要採取的行動，就只有批准此事，守望這個過程。

「札諾巴、約瑟夫。雖然全都推給你們讓我很過意不去，但是關於做生意這方面，就交給你們負責了。要順利讓經營上軌道啊。」

「是！」

「了……了解了！」

「要是有需要的物資、需要的人才以及需要的門路，無須顧慮儘管告訴我。我會想辦法處理的。」

我不打算把事情都丟給他們。

如果狀況允許，我甚至想自己去推動這項計畫，但是我自己該做的事情也是與日俱增。

沒辦法一切都靠我自己親手處理。

相信部下，將事業交給他們，像這種事情在今後想必會變得愈來愈多。

而這就是第一步。

「是說，會長，既然要開店，我認為就必須要有商號之類，請問您意下如何？」

「咦……那麼，就取名叫札諾巴商行。」

於是，札諾巴商行就此成立。

「啊。」

當我把事情談完後打算踏上歸途，眼睛與從門的隙縫間窺視的眼神對上。

我都給忘了。

「抱歉。我忘了。」

打開門這樣說完之後，莉妮亞以不滿的眼神地看著我，但立刻又聳了聳肩。

「算了，既然老大願意接納約瑟夫，那就再好不過了喵。」

「哦，是有別以往的成熟反應。」

「當然喵，因為我是傭兵團的老大喵。不讓部下在調任的地方遭到輕視或是虐待，也是我工作的一環喵。」

原來如此，我原本還搞不清楚她為什麼要跟過來，原來是基於那種理由啊。

該怎麼說，把她趕出去讓我覺得很過意不去。

總之，稍微沒看到她一陣子，莉妮亞似乎也萌生了身為組織領導者的自覺。

我對這件事感到開心，同時踏上了歸途。

★ ★ ★

札諾巴商行的第一間店被設置在工房街。
是將工房街盡頭的倉庫改造而成的房子。
在魔法都市夏利亞，若要分類還是以總公司＋工房業務為主，今後則是計劃將版圖拓展到阿斯拉王國。
想必會需要申請愛麗兒等人的協助。
總而言之，瑞傑路德人偶的販賣計畫已經離開我的掌控。
儘管還在自己手邊處於不夠穩定的狀態，就祈禱事情能順利發展吧。

第三話「克里夫與魔法大學學生會」

那天，克里夫前往了教職員室。
是因為他畢業在即，要提出特別生的研究報告。

克里夫這份研究報告的內容，是「關於緩和詛咒的魔道具的研究」。
這份研究報告在提出的當下就由教職員輪流傳閱，受到了空前的好評。
甚至當場就舉辦了提問會並進行討論，讓整個教職員室圍繞在狂熱的氣氛當中。
克里夫清楚地聽到教師中的某人說，這份研究成果將會留名青史。
但是，副校長吉納斯卻如此說道：
「你留下了這麼驚人的研究成果，但實在不好意思……事前已經決定好畢業生代表是誰了。」
本年度的畢業生代表，是出身涅里斯公國，名叫布魯克林・馮・艾爾札司的人物。
克里夫也知道這號人物的名字。
這幾年來，總是在考試或其他地方一路與克里夫競爭的人物。
在克里夫的記憶當中，自己從來沒有輸過他。
「抱歉，或許不該在這個場合說這種話，但你在今年的畢業生當中修得了比任何人都還要優秀的成績。我希望你能以此為傲。」
克里夫聽完這句話，就只說了一句：「這樣啊。我明白了。」便離開了教職員室。
假如是以前的克里夫，肯定會當場暴怒，大聲宣洩不滿吧。
但是，克里夫也在這七年來有了改變。
他一心向學、接觸朋友，在以神父身分工作的同時經歷了各式各樣的事情，並理解到了。

學校有自己的立場。經營上也需要花錢。國家強大。人並非平等。

而人必須要容納這些活下去才行。

順帶一提，他對「魔法大學畢業生代表」這個頭銜，並不覺得那麼有價值。

克里夫的朋友當中，也有人明明沒有那樣的頭銜，卻是很了不起的人物。

儘管那名人物現在正式擁有了「龍神的左右手」這個頭銜，但那並非是他想要才得來的。

只不過是單純基於行動得到的結果。

沒錯，是行動後得到的結果。

只要想到這點，克里夫就會認為只追求頭銜是一件多麼滑稽的事情。

「呼……」

假如要說不滿，就是研究並不完全吧。

「關於緩和詛咒的魔道具的研究」。

只要這個標題再有一些變化，只要將「緩和」這個字彙改成「消除」，克里夫應該也不會有任何不滿吧。

但遺憾的是，克里夫沒有辦法完成這項研究。

當然，也並非完全沒有成果。他確實將詛咒緩和了不少，艾莉娜麗潔與奧爾斯帝德也對此十分感激。

然而，離他的目標依舊相當遙遠。

「……」

克里夫倚靠在走廊的窗邊，望著外頭。

放眼望去，是魔法大學的景緻，與七年前相比可說是始終如一。

（仔細想想，剛來到這裡的那陣子，我應該更自大才對啊……）

當時的克里夫，對自己是個天才深信不疑。

然而在這幾年來被打擊了好幾次，才體會到自己根本不是什麼了不起的人物。

要是只聽學業成績，跟一般水準相互比對，自然會是屬於優秀的一方。

如果是剛來到這所學校的克里夫，在確認這點之後，或許會志得意滿地對周圍炫耀此事。

然而，現在的克里夫並不會因此而感到驕傲。

話雖如此，也不會故意讓自己顯得過分謙遜。

這七年來，對克里夫而言非常充實，而且獲得了許多難能可貴的經驗。

與艾莉娜麗潔結婚、研究詛咒、魯迪烏斯宅邸的奇怪人偶、在魔大陸的戰鬥、獲贈魔眼，以及克萊夫的出生……

真的是發生了許多事，自己真誠地面對這一切，並一個一個消化完畢。

所以他才能從中得到收穫。並非是因為自己有才能而獲得的。

他這樣警惕自己。

歸功於得到這些經驗，他以米里斯教的見習神父身分出外工作時，也深獲教徒的好評。甚至有人對他說「你明明這麼年輕，卻很了解人們的心情。將來肯定會成為出色的神父」。

管理夏利亞教會的神父，也在他獲得神父資格證書的同時，也對他掛保證說「相信你無論到哪裡都能占有一席之地」。

如果依舊是七年前的自己，神父肯定不會對他說那種話吧。

「呵……」

克里夫的嘴角掛上了微笑。

自己並沒有成為自己心裡所描繪的人物。

然而，比起從前想像的那個人物，他認為現在的自己更加像樣。

「好啦，不過，該怎麼辦呢……」

提交研究報告，距離畢業典禮只剩一點時間。克里夫之前回答魯迪烏斯，說「畢業典禮之前會給你答覆」。

但是，他至今依舊沒有找到答案。

他想回到米里希昂。

但是，他有了妻子以及小孩。

克里夫的雙親在米里斯教團的抗爭中身亡。具體來說，是被捲進身為米里斯教皇的祖父底下的抗爭。一旦自己回到米里希昂，無非是將艾莉娜麗潔與克萊夫置於險境。

正當克里夫如此煩惱時，魯迪烏斯提出了一個答案。

希望他作為米里斯教團的一員，協助奧爾斯帝德。

希望他成為自己的同伴。

為了這個目的，魯迪烏斯願意幫助他出人頭地，爬到一定地位。

願意保護艾莉娜麗潔與克萊夫。

魯迪烏斯這麼告訴他。

姑且不論從前，克里夫本身現在並不認為自己有那樣的價值。

更何況魯迪烏斯是個了不起的傢伙。

第一次見面的時候，雖然不把這傢伙當一回事，但是他很真誠，而且十分努力。

克里夫所體驗到的「寶貴經驗」，可說有大半都是歸功於魯迪烏斯才能獲得。這樣的他會說希望能助他一臂之力，肯定是把克里夫當作朋友看待。

不管怎麼樣，這件事對克里夫而言可說是求之不得。艾莉娜麗潔與克萊夫會受到保護，得到名為奧爾斯帝德的強大後盾，能夠在米里斯教團走上出人頭地的康莊大道。

與克里夫的目標恰好一致。

明明如此，他卻不知為何討厭這麼做。

為什麼會討厭這麼做，克里夫本身也還沒有明白。

自己該怎麼做才好？自己想怎麼做？他釐不出頭緒不斷煩惱，每一天都會因此向艾莉娜麗潔尋求慰藉。

「稍微再閒晃一下吧。」

克里夫原本打算提交報告後就立刻返家，但他轉過身子。

要是就這樣回去，勢必又要過著日復一日的生活。

那樣並不好。

米里斯大人說過：「生兒育女是人的宿命，不該避諱，否則將會無法沉溺。」

另外，祂也曾說過這種話：「汝應當煩惱，不該從煩惱中逃避。」

意思是不該從煩惱中逃跑，沉溺在艾莉娜麗潔當中。

米里斯教的教義中也有一句話是「常保心平氣和」，所以煩惱過頭累積壓力也並非好事。

然而，差不多也應該下決定了。決定該如何答覆魯迪烏斯。

「該怎麼辦呢……」

克里夫說過要找艾莉娜麗潔商量再做決定。

但是，艾莉娜麗潔卻完全沒有提及克里夫那樣的感情。

她要克里夫自己思考。

並不是拋下他不管，而是溫柔地曉以大義。

那麼，她肯定是認為這件事該由克里夫本身去思考，必須由他找出答案才行。

艾莉娜麗潔很長壽。活的時間多出克里夫好幾倍，不僅如此，甚至還有比克里夫活了好幾倍時間的小孩。

在人生經驗這層意義上，克里夫對她而言猶如嬰兒。
然而就算如此，她也沒把克里夫當作小孩，而是視為心愛的丈夫看待。
那麼，克里夫自然會認為自己得回應她的期待。
「可以的，因為我是天才。」
克里夫像是講出口頭禪似的這樣說道。
過去曾深信不疑的這句話。如今已成為讓自己提振精神所說的話。
他已經明白自己並非天才。
可是，這句話一說出口，心情就會像當初認為自己是天才那時相同，讓他振奮精神。
「——所——應該——必——！」
「……嗯？」
突然，克里夫聽到樓下傳來疑似爭執的聲音。
基本上，在這所魔法大學發生糾紛並不罕見，如果是平常的他，想必會對他人的爭執視而不見。然而這時的克里夫卻走下樓梯主動靠近糾紛現場。
因為他從正在爭執的聲音裡面，聽見了自己熟悉的聲音。
「所以！應該要由我們來做才對！」
「沒錯！自己的屁股必須由自己擦乾淨！用我們的手來保護學校吧！」
數名學生圍著一名嬌小的女生大聲嚷嚷。

話雖如此，看起來似乎也不像是在恐嚇她。

看樣子，決定權似乎在那名嬌小的少女身上，其他學生正在懇求那位少女。

而且，克里夫非常熟悉那名少女。

「拜託妳，會長！」

「請讓我們去吧，諾倫會長！」

諾倫．格雷拉特。

她面露難色地看著周圍的學生。

「諾倫，怎麼了嗎？出了什麼狀況？」

包含諾倫在內的所有人都望向克里夫的方向。

與此同時，諾倫的表情也稍微緩和了一下，但是在她出聲之前，其他學生已經往前踏出一步。

「你是誰啊！」

「這是學生會的問題！」

與克里夫身高大致相同的少女，以及有克里夫兩倍身高的獸族青年。

克里夫也對他們的樣貌有印象。

是這期的學生會成員。

「等等，請你們兩個都先讓開！」

諾倫把兩個人推開走了出來。要是魯迪烏斯在場，肯定會在心中暗自講無聊的笑話嘲諷這個動作說「諾倫把門簾撥開走了出來」。（註：諾倫（ノルン）與門簾（ノレン）日文音相近）

「不好意思，克里夫學長。這兩位同學有些激動。」

「克里夫．格利摩爾……這傢伙就是那個六魔練的？」

「請不要說什麼這傢伙。因為我受到他不少照顧！」

「……失禮了。」

獸族青年雖然嘴上這樣說，但依舊瞪視著克里夫。

要是以前的克里夫面對這樣的視線，要不是抱有敵對心就是為之卻步吧。

然而，現在的克里夫經驗過更為恐怖的事物。知道了光是同處在一個地方就會被激發恐懼心理的存在。與奧爾斯帝德及阿托菲相較之下，這名獸族青年就好比小嬰兒。

「所以，出了什麼事嗎？如果方便，能不能告訴我呢？」

「呃……其實，最近大學內部謠傳有幽靈出沒。」

「唔嗯。」

克里夫也對這個傳言有所耳聞。

據說每天夜裡，都會聽到猶如呻吟的聲音，或是聽見喀噠喀噠的聲音，看見半透明的存在之類……

實際上，似乎也有人看到陷入魔力耗盡狀態的學生倒在地上。

話雖如此，因為練習過度而倒下的學生，在這所魔法大學並不罕見，所以他認為關於幽靈這件事也不過是經常會聽到的傳聞罷了……

「所以，呃……經過我們的調查之後，發現地下有一間沒在使用的倉庫深處，有道被嚴密封印起來的門……呃，我們打開之後，從裡面跑出了骷髏兵。」

諾倫就像是在隱瞞著什麼似的，向克里夫說明狀況時，講起話來支支吾吾。

克里夫雖然察覺到諾倫在隱瞞著什麼，但並沒有特別提到這點。

「那實在是太糊塗了。既然遭到嚴密的封印，應該有相符的理由才對。」

克里夫這樣說完，學生會的其中一人「唔」了一聲。

是那個綁著雙馬尾髮型，看起來很囂張的女學生。

看樣子，她似乎就是把門打開的始作俑者。

「門姑且是已經請老師協助重新封印了……」

狀況似乎是在這之後才變複雜。

門的封印是聖級的結界魔術。

幽魂似乎穿過了聖級的結界魔術跑到了外頭。恐怕還有更加高階的幽魂潛伏在地下倉庫的深處。

如此這般，學校聯絡了魔術師公會，希望立即組織討伐部隊……原本是這麼打算的，此時卻發生了問題。

儘管要討伐幽魂只靠初級的神擊魔術便足以應付，但對手若是高階幽魂，自然就另當別論。

萬一在倉庫深處的是A級的索命幽魂（Deadly Wraith），就需要上級以上的神擊魔術。然而重要的上級神擊魔術師目前並不在魔術師公會。

既然這樣，學校也只好聯絡冒險者公會，打算將上級神擊魔術師帶來學校，然而若是米里斯大陸也就算了，在這塊北方大地上，上級神擊魔術師並非隨處可見。

再進一步說，魔術師公會也對這個行動有意見。他們主張只要從其他城鎮的分部把神擊魔術師找來就行。要是從冒險者公會借調魔術師，會有損魔術公會的體面。

然而，待在其他城鎮分部的神擊魔術師也沒有辦法立刻動身。

在種種事情的拖延之下日子一天天過去……開始出現了犧牲者。

不知道是因為重新施加的封印太弱，或者是因為原本的封印正逐漸遭到破解。

成為犧牲者的是無名的一般女學生，她遭到幽魂襲擊被吸走了魔力，陷入了昏睡狀態。由於以症狀來說只是單純耗盡魔力，性命並沒有大礙，隔天就回到學校上課了。

然而，以那天為界，犧牲者開始與日俱增。

目前來說，幽魂姑且還在封印裡面，在一天裡面似乎只有限定的時間能外出襲擊學生。然而幽魂這種魔物會藉由吸收人類的魔力而慢慢地壯大實力。要是學生再繼續被襲擊下去，實力大增的幽魂總有一天會突破封印，率領大群骷髏兵一同爬出倉庫。

到時候受到的損害將是難以估計。

「所以才會有人提出意見，說學生會應該要趁現在攻進地下，討伐幽魂……」

「如果是初級，我也會用神擊魔術！」

「我也在工房街買了對幽魂有效果的武器！」

「我就是為了這種時候才學習魔術的！」

「會長，請允許我們！」

幽魂並非一定要用神擊魔術才有辦法討伐。

一般的攻擊魔術也或多或少有效，況且只要使用魔力附加品的武器或是魔道具，也有辦法對它們造成傷害。

所以，在能否討伐的這個問題點上，並非一定需要神擊魔術師在場。

「哦，原來如此啊。那麼妳也贊成這個意見嗎？」

「我反對。如果是只靠我們就有辦法解決的對手，魔術師公會與師長們肯定也不會等待上級神擊魔術師抵達。」

「說得沒錯。」

雖說手段比比皆是，但最有效的無疑是神擊魔術。

除非有特殊原因，否則老練的冒險者不會在沒有神擊魔術的狀況下試圖與幽魂戰鬥。

它就是如此危險的對手。

更何況若是對上高階幽魂，要是輕敵一擁而上，反而很有可能導致我方被輕易全滅。

此時，諾倫擺出了陰鬱的表情。

「不過，也不能再繼續坐視學生中出現更多犧牲者……」

實際上由於學生中出現了被害者，諾倫也沒辦法採取強硬反對的態度。

再進一步說，學生會的成員再怎麼說都是以優秀的學生居多。甚至讓諾倫認為如果是他們或許有辦法；然而與此同時，與自己的哥哥和其他人相較之下，他們確實也有不成熟的一面，所以正在猶豫該如何下判斷。

「到底該怎麼辦才好呢……」

諾倫皺起眉頭煩惱。

「哼，那種事……不，原來如此啊……」

克里夫反射性地差點說出「為什麼不找魯迪烏斯商量呢？」，但沒說出口。

雖然不知道是不是自己多心，但他可以明白諾倫的心情。

想必只要告訴魯迪烏斯，確實會很快解決這個問題。

儘管他本身並不是神擊魔術的高手，但他的攻擊魔術是帝級水準。站在克里夫的角度來看，甚至認為那直逼神級領域。要解決一兩隻幽魂想來是不費吹灰之力。

但是，那麼做肯定是不行的。

在她的心裡，認為不可以這麼做。

儘管用話語無法說明這個理由，但現在的克里夫可以自然而然地了解她的心情。

「好，那就這麼做吧。雖然這也得看妳的意願……」

「……？」

「我來助你們一臂之力吧。」

「咦？」

克里夫這樣說道，諾倫的表情頓時恍然大悟。

「對喔，克里夫學長會用上級神擊魔術……」

克里夫的神擊魔術已經取得了上級的資格。

由於中級以上的神擊魔術必須要有米里斯教團的許可才能教，所以在魔法大學不會教到這個程度。也沒有能教導的教師。

但是，克里夫是教皇的孫子。

所以他被視為例外，允許被教導神擊魔術。

因此魔法大學聘請特別講師，教導了克里夫上級神擊魔術。

儘管那名特別講師已離開學園，但克里夫還沒有畢業。

「會長，這是學生會的工作！就算是六魔練的克里夫先生，也不應該把一般學生牽扯進來！」

「就是說啊！應該要只靠我們來處理這件事！否則又會有人說這期的學生會是群靠別人的

無能集團、諾倫會長根本就沒有能力之類的瞧不起我們！」
剛才擋在克里夫眼前的這兩個人異口同聲地高唱反論。
然而，諾倫卻以銳利視線瞪視這兩個人。
「比起那種事，更重要的是別再讓下一個犧牲者出現才對吧！」
諾倫嚴厲地這樣說完後，兩個人都頓時縮了回去。
「況且，我很擔心會不會是大家成為下一個犧牲者。」
「會長……」
「諾倫會長……」
諾倫重新轉向克里夫的方向，然後注視著克里夫的眼眸。
是很堅毅的眼神。從前來到克里夫面前的時候，魯迪烏斯要去貝卡利特大陸的時候，她並沒有露出這種眼神。當時她的眼神很適合迷途的羔羊這個詞語，充滿了不安以及恐懼。
如今經過一年又一年的時間，克里夫看得出她的眼神在慢慢地產生變化。
因為她一有時間就會來到克里夫待的教堂，在那邊懺悔或是發些牢騷。
「克里夫學長，能拜託你嗎？」
「嗯。」
儘管偶爾會聽到魯迪烏斯開心地說「諾倫變得很了不起」，但克里夫平常總是在聽她懺悔或是抱怨，實際上並沒有這麼認為。

然而，他感覺自己在這次窺視到了諾倫這面的其中一部分。

而且，變得如此了不起的學妹不是拜託她的哥哥，而是願意拜託自己，讓克里夫感到很欣慰。

「那麼，我們現在就侵入地下倉庫！不過，要是覺得自己招架不住，就要立刻撤退。知道了吧！」

「是……是的！」

就這樣，克里夫決定與學生會的成員一起前往地下倉庫。

★ ★ ★

學校的地下倉庫。

魔法大學歷史悠久，創立之後經歷了兩百年的歲月。

在這裡雖然刻意避免記載正確的年數，但只要詢問克里夫或是學生會的成員，想必立刻就會得到答案。

不管怎麼樣，從魔法大學創立以來，校舍就不斷地增建改築，已經成為巨大的巨型學校。

區劃之所以能井然有序，毫無疑問要歸功於每個時代的校長與建築師領導有方。

然而就算再怎麼能幹，反覆增建改築的浪潮，總是會出現沒辦法隨著時間一同徹底整理好的部分。

其中之一，就是這間地下倉庫。

在校舍的角落存在著好幾處這種倉庫，裡面塞滿了魔法大學的歷史。

比方說兩百年前的魔術杖、一百五十年前的捲軸，以及一百年前的校長假髮之類，這裡堆滿了各式各樣的「當時認為或許還有機會用到而留下來，卻沒有機會使用的物品」。

簡而言之，就是垃圾場。

自從學生會長到了諾倫這一代之後，總算才能在這個垃圾場展開調查。

只要處理掉這間倉庫裡面不需要的物品，自然可以清出空間。再將該處改造之後，就要拿來當學生的更衣室使用。當時提出了這樣的提案。

針對沒有在使用的房間進行清掃。是很有諾倫風格的樸實政策。

然而，近來魔法大學的學生過度增加。

事實上學生個別的存物櫃也的確慢慢不足。

當然，也有教師反對。

那間倉庫裡面的東西個個歷史悠久，其中也存在著價值連城的物品。不應該那麼輕易就扔掉。

然而，這個反對意見也因為「如果是真正有價值的東西，更不應該放在倉庫的深處」遭到封殺。就這樣，學生會強奪了預算，在大學內募集工讀生，然後開始整理倉庫。

這個提案相對來說受到了大眾的善意接納，學生們也因為能夠收到薪水，而積極地參與這次的工讀機會。

然後，在那群工讀生當中出現了好幾名犧牲者。

「事情經過就是這樣，所以我們學生會也認為應該對這件事負起責任。」

諾倫單手拿著油燈向克里夫如此說道。

「不過就我聽來，其實不認為學生會要為此感到必須負起責任。」

因為在開始打掃倉庫之前，就已經陸陸續續出現了犧牲者。

即使重新架好了結界，犧牲者依舊是與日俱增。

這就是倉庫深處的幽魂正在提升實力的證據。

無論學生會是否提案要打掃倉庫，到頭來幽魂依舊會衝破結界跑出來吧。

反而該說他們即早發現了這個問題。可以說是歪打正著。

「唔～……」

對克里夫這番話發出沉吟的，是一名少女。

是從剛才就處處頂撞諾倫的雙馬尾少女。

她用雙手拿著大約五十公分的魔杖，瞪視著通往地下倉庫的黑暗通道。

她雖然嘴巴抿得死緊，但姿勢卻顯得有些畏縮。

最先找到被封印的那扇門的是她，打破門的封印的也是她。

她打開門的瞬間，骷髏兵就衝了出來。和她在一起的學生被出其不意的攻擊打中受傷，當場就爆發了戰鬥。儘管設法破壞了一開始的骷髏兵，但它很快就復活了。場面頓時一片騷動，此時學生會的其他成員也趕到現場，總算是以初級的結界魔術制住了敵人，堅持到能使用聖級結界魔術的老師趕來，然而與她一起打破門上封印的朋友卻因此受傷。

萬一事態繼續惡化，當時的狀況很有可能就這樣引發二次災害……

雖說事前並不清楚裡面會有幽魂，但也無法否定當初是抱著半惡作劇的心情解開封印，原本這件事甚至有可能演變成退學的下場。

但是，諾倫卻袒護了她。

諾倫將有幽靈出沒的傳聞與這次事件扯上關係，聲稱在搜索幽靈時撞上了地下倉庫的門，幫忙扯了這樣的謊。

實際上，遭到破壞的骷髏兵直到被神擊魔術完全化為灰燼之前，不斷地復甦好幾次襲擊了過來。

這就證明是幽魂在操控骷髏兵。

既然肯定有幽魂在場，那麼襲擊學生們的也毫無疑問是幽魂才對。

所以，諾倫撒的謊也不見得算是謊言。

話雖如此，打開門的她果然還是會感覺到莫大的責任。

「……真令人毛骨悚然。」

克里夫也仿效她望向陰暗的深處。

被封印的那扇門就在這裡面。由於骷髏兵騷動而使得倉庫的整理工作暫時中止，現在是基於學生會的名義禁止所有人進入。

克里夫突然想起往事。

是和魯迪烏斯一起探索現在的魯迪烏斯宅邸那時的事。

當時的克里夫也像現在的少女那般，因為緊張而全身顫抖。

「喂，妳的名字叫什麼？」

「咦？我……我嗎？」

「沒錯。」

「我叫希菈。」

就像是在表示「那又怎樣？」似的，她惡狠狠地瞪著克里夫。

克里夫覺得她簡直就像是以前的自己，哼笑一聲。

「希菈學妹，妳有過這種經驗嗎……比方說，以冒險者的身分踏入森林，或者是潛入迷宮之類？」

「是沒有啦！六魔練的克里夫學長肯定是經驗豐富對吧！那又怎麼樣！」

「不，我也幾乎沒有。」

克里夫這樣說完，希菈露出了疑惑的表情。

「只不過，我曾經被經驗豐富的傢伙這麼說過。在潛入這種地方的時候，新手就算想做太多事情也沒辦法順心如意，所以要專心在一件事情上確實執行。」

那是跟在 Stepped Leader 身邊出門冒險的時候嗎？不對，是在那幾天後，與魯迪烏斯一起探索宅邸的時候。他想起魯迪烏斯當時只指示他「一旦發現敵人，就用神擊魔術擊退它」。

克里夫只把這個指示記在腦海，實際上當人偶襲擊過來時，也成功地擊發了神擊魔術。

沒錯，新手沒辦法完成太多的事情。

「在這裡面，有擅長與魔物戰鬥的人，或者是以冒險者身分活動的人嗎？有的話麻煩舉個手。」

於是，在七名學生會的成員當中，有兩名舉起了手。

一人是獸族的青年，另外一人是人族。

因為獸族多半都會在森林生活，所以很擅長與魔物戰鬥。

另外一名人族八成是冒險者吧。

「好，那麼就由你們來下達指示。其他人就先分配好自己的工作吧。」

「喂，克里夫學長。」

「怎麼了？」

「是因為看在會長說受過你不少關照的面子上，所以我才不打算說得太強硬，但我們可不是你的部下啊。」

克里夫停頓了幾秒鐘。

但是，他立刻就領悟到這種類型的人不論自己說再多都是白費唇舌。

「說得也對。那麼諾倫，就由妳來領導吧。」

「可是，不管是由誰來領導應該都沒關係吧？像我也不習慣與魔物戰鬥……」

「但是，妳是會長！」

「嗯，也對……那麼我就與聶戴爾商量後再分配各自的工作吧。」

諾倫依照大家的建議，走到剛才舉起手的學生旁邊，開始商量起各種事項。

「聶戴爾，你以前曾經是冒險者對吧。我告訴你大家擁有的特技，麻煩你對要給誰分配什麼工作提出意見——」

克里夫望向剛才以粗暴語氣說話的獸族青年，他看起來就像是在表示這才是理所當然。

實際上，決定隊伍該如何分配工作的諾倫看起來有模有樣。

誰擅長什麼樣的魔術，除了魔術以外能做到什麼。

像這類事情都記得很仔細，俐落地分配著每個人的工作。

假如是從前的諾倫，一旦像這樣掌握到主導權，想必會是手舞足蹈驚慌失措，不知道自己該怎麼辦才好，只能低著頭煩惱。

但是，現在卻不同。

儘管絕對稱不上完美，也經常表現出手忙腳亂慌慌張張的一面，但就算被臨時點名也會借助周圍的力量，設法將事情做到可圈可點。

儘管絕對算不上能幹，但她還是在努力完成這項任務。

「好……那就照這個感覺。各位都沒問題吧？」

「是！」

工作決定好之後，學生會成員與克里夫便朝著昏暗的地下倉庫走去。

★　★　★

門是以石頭所打造。

看起來很沉重的石門，上面刻劃著發出蒼白色光芒的魔法陣。

是聖級的結界魔術。

在魔法大學的教師當中，能使用聖級結界魔術的只有一人。調整及維修設置在學校裡面的結界魔術就是他的工作。

「魔法陣看起來沒有龜裂。」

克里夫邊調查魔法陣邊這樣說道。

儘管克里夫會用的結界魔術只到中級，但經歷了研究詛咒、開發札里夫義手以及製作魔導鎧後，對於魔法陣已有相當的了解。至少魔法陣是否有在正常運作，他一看就能明白，而且也想到了暫時將它關掉的方法。

只要花時間進行解讀，想必也可以學到這個聖級結界魔術的魔法陣吧。

不過，克里夫是個守秩序的男人。不會因為辦得到而去做被禁止的事情。

要是克里夫學到教師才能使用的聖級結界魔術，肯定會給教師添麻煩。因此他不打算學會聖級結界魔術。

因為只要回到米里斯神聖國，想怎麼學就怎麼學。

「我有辦法解除。可以進去。」

「明白了。各位，都準備好了嗎？」

聽到諾倫這句話，學生會的成員重新架好武器。

有人用鼻子哼著歌，有人眼神閃閃發光。

有人族、獸族、小人族以及魔族。

跟充滿著人族的愛麗兒學生會不同，諾倫學生會的成員光以種族來看也有著豐富的個性。

在魔法大學的歷史上，恐怕是第一個聚集了這麼多人族以外成員的學生會。

「那麼，請打開吧。」

隨著諾倫這句話，克里夫從魔法陣的重要部位切入了一道刻痕。

咻的一下，魔法陣的光芒便無聲無息地消失。

光源只剩下學生會的成員拿著的手提油燈，在昏暗的空間當中，石門冷不防地被照出來。

獸族青年把手放在那扇門上。

「唔……唔喔喔喔喔！」

當獸族青年發出吼聲，石門就慢慢地發出聲音打開。

就這樣，石門被開出了大約能讓一兩個人通行的寬度。

前冒險者的聶戴爾以手提油燈照亮門，同時緩緩地踏進深處。

其他的成員也跟在他的後面進入裡面。

當所有人都進來之後，獸族青年再次把手放在門上，發出摩擦的聲音後把門關上。

當然，並沒有完全關閉。

考慮到萬一，留下了能讓一個人的身體擠過去的縫隙。

另外，地下倉庫的入口立了禁止進入的牌子，而且石門上也先貼好了「學生會調查中，請暫時不要重新封印」的紙張。萬一完全關閉，也有遭到來查探狀況的教師重新封印的風險。

如果這次行動由魯迪烏斯主導，肯定會忘記做好這類準備完全被關在裡面，但是在場的學生會成員有很多人都曾因為某人的惡作劇或是霸凌而有過像那樣被關起來的經驗，所以這部分做得無懈可擊。

「……」

地下倉庫鴉雀無聲。

然而只要豎耳傾聽，便能得知從不遠的場所傳來了喀噠喀噠的聲響。

骷髏兵就在深處。

「那麼，各自執行自己被分配的工作。」

聽到諾倫這句話，獸族與小人族的青年開始走在前面。

他們兩個人的手上握著鋼鐵戰棍。對於只有骨頭的骷髏兵而言，打擊比斬擊更具效果。因此學生會的所有成員都拿著魔術杖或是戰棍。他們打算一邊以打擊與魔術牽制骷髏兵，同時直指很有可能位於深處的幽魂。

「唔！會長，快退下！」

獸族青年發出高亢的聲音。

過了不久，喀噠喀噠的聲響逐漸變大，白色影子緩緩地進入手提油燈的光源當中。

白色人骨以雙足步行的方式走了過來。

是骷髏兵。

從前曾因為某種理由而死去的某人屍體，一發現學生會的成員之後，便立刻舉起拿在手上的棍棒。

與此同時，從深處也有好幾隻骷髏兵伴隨著喀噠喀噠的聲響現身。

「我不會後退，各位，請迎擊！」

諾倫一聲令下，獸族與小人族都高高地舉起戰棍。

骷髏兵雖然舉起棍棒襲擊過來，但動作卻很緩慢。骷髏兵的能力會與生前的能力成正比。

恐怕這個死者並非什麼了不起的高手。
「哼！」
獸族以戰棍一擊就將骷髏兵砸個粉碎，直接打倒地面。
但是，骨頭立刻又隨著喀噠喀噠的聲響慢慢再生。
只要不打倒位於深處的幽魂，骷髏兵就會永無止盡地復活。
「往裡面！」
諾倫再次發號施令，學生會的成員一邊驅散骷髏兵一邊往深處前進。
所幸骷髏兵當中並沒有動作靈敏的個體，成員並沒有花費太多力氣就抵達了深處。
最深處……眼前有一座祭壇。
看似會擺放著某種東西的祭壇，上頭卻是空無一物。
只不過，在其正上方有一個半透明的存在。
那個存在沒有雙腳。
「為什麼……為什麼……為什麼……」
它如此喃喃自語。
是幽魂。
「為什麼……為什麼……為什麼……」
幽魂讓身上的破爛長袍隨風飄舞，同時緩緩地朝向這邊。

骨瘦如柴，纖瘦且有一半腐朽的那張臉龐，感覺還很年輕。

幽魂有一瞬間露出了呆愣的表情，但一看到諾倫等人，就立刻露出了毛骨悚然的表情發出慘叫。

「嘰呀啊啊啊啊啊啊！」

「嗚……嗚哇啊啊！」

「幽……幽魂……！」

學生會的成員當中有好幾個人因為那個聲音而嚇得雙腳發軟。

幾乎在同一時間，位於祭壇周圍的骨頭發出聲音浮起，化為骷髏兵。

而且，剛才遭到破壞的骷髏兵也在此時復甦，從背後襲擊而來。學生會的成員陷入了被骷髏兵前後夾擊的窘境。

但是，到此為止還在預料之內。

「痛！」

學生會其中一人突然覺得腳踝痛了一下。

她往下方望去，發現那裡有塊小型的骨頭。

以身長來說大約是二十公分左右。

是老鼠。

老鼠的骨頭。

老鼠的白骨來回走動，並咬住了她的腳踝。

「嗚哇！老鼠，嗚哇……嗚哇啊啊啊啊！」

她試圖甩開骷髏鼠，一邊發出慘叫一邊抬腳，胡亂揮舞拿在手上的魔術杖。

骷髏鼠並不是一隻。

有好幾十隻老鼠正以敏捷的速度在學生會成員的腳邊狂奔。

「咦！嗚哇！」

「呀啊！」

陣形瓦解了。

「請……請冷靜下來！首先要優先處理人型的骷髏兵？不對，呃，應該要撤退嗎……？」

成員因為出現了預料之外的敵人引發一陣恐慌，諾倫雖然試圖安撫他們，但她也不清楚優先順序，儘管混亂卻依舊拿著戰棍朝著在自己腳下穿梭的對手砸下。

然而人型骷髏兵在這段期間也慢慢縮小包圍網，準備對付這群學生。

「……」

在整個隊伍失去冷靜的狀況下，唯獨克里夫依然鎮定。

（姑且不論老鼠，人型骷髏兵的動作很遲鈍，而且幽魂的力量感覺上似乎也沒什麼了不起……）

假如是A級的索命幽魂，在召喚骷髏鼠後應該會趁勝追擊擊發魔術。或者是拉開距離吸取精力。

然而對方卻沒採取任何一個行動。只是在祭壇上發出刺耳尖叫。

而且連尖叫聲也並非那麼恐怖。與在魔大陸上遇見的那個不聽別人說話的魔王相較之下，聽起來只像是女學生在吵吵嚷嚷。

該不會與預測相反，這個幽魂並沒有那麼強？

儘管他腦海閃過那樣的想法，但僅憑假設就衝出隊伍，讓所有人陷入危險之中的舉動，克里夫實在無法辦到。如果是從前的克里夫或許有可能，但現在的他不會這麼做。

然而，這終究只是假設。

克里夫有超越假設以上的能力。

「識別眼！」

克里夫翻開眼罩。

下一瞬間，是充滿整個視野的文字、文字以及文字。

從甚至令人頭痛的情報量當中，他設法慢慢地過濾出自己想看的情報。

魔界大帝奇希莉卡·奇希里斯授予的魔眼。儘管他沒有疏於訓練，依舊沒有辦法像魯迪烏斯駕馭得那麼得心應手。要到達那個境界，肯定還得再積累更多的歲月。

然而即使如此，他現在也能在必要的時刻看到自己所需要的情報。

「……！」

看見了。

幽魂身上顯示的文字列。

「由我去！找個人來掩護我！」

克里夫這樣大叫之後，從逐漸瓦解的陣形中飛奔而出。

他的目標是幽魂。中間有兩隻骷髏兵。

克里夫全力揮舞戰棍，打中了站在右手邊的骷髏兵。

骨盤徹底碎裂，骷髏兵當場倒地。

「──『Exorcistrate』！」

稍微遲了一些，從後方有一道白光擊中了位在左手邊的骷髏兵。

骷髏兵受到神擊魔術的一擊化為粉碎。

克里夫沒有回頭。但是聽到聲音就理解放出剛才那記魔術的人是諾倫。

克里夫又往前走了幾步，同時開始詠唱。

「將恩惠賜予慈母般大地的吾之神啊！對違背天理的愚蠢之徒……唔！」

突然間，位於視線之外的骷髏兵衝了過來。

骷髏兵拿著前端尖銳的棒子朝著克里夫殺了過去。

克里夫雖然試圖扭轉身體迴避，但情急之下沒辦法閃開，以側腹承受了這次攻擊。儘管脊髓竄過一股劇烈疼痛，但克里夫依舊咬緊牙根，注視著眼前的存在。

幽魂已經在射程範圍內。

「給予神罰吧！『Exorcistrate』！」

從克里夫的魔術杖射出了發光的塊狀物。

物體以相當的速度朝著幽魂筆直前進……直接命中。

「嘰呀呀呀呀啊啊啊啊！」

幽魂留下了臨死前的慘叫，慢慢消失不見。

半透明的身體被四分五裂地撕裂，化為光之粒子消滅。

幾乎與此同時，骷髏兵也像是斷了線的木偶那般倒下。

「咦？」

「打倒……了嗎？」

學生會的成員一頭霧水地俯視著散落在周圍的骨頭。

克里夫環視周圍，確認已經沒有繼續活動的死靈，才按住側腹以膝蓋跪地。

「嗚嗚……」

「克里夫學長！你不要緊吧！」

諾倫慌張地靠近他，然後詠唱治癒魔術。

隨著一陣淡淡的光芒，克里夫的傷口癒合了。

「呼——」

克里夫一邊擦拭浮在額頭的汗珠，同時重重地吐了口氣。

「謝謝你，剛才真的不知道該怎麼應對才好……」

「不，這也沒辦法。畢竟誰也沒有料到會出現骷髏鼠。幸好幽魂的層級很低。」

「你為什麼會知道幽魂的層級很低呢？」

「因為我有這個。」

克里夫這樣說完，便在眼罩上面敲了敲。

以識別眼所看到的文字列，上面簡潔地寫著「是幽魂。實力沒什麼了不起」。

就算如此，克里夫要飛奔出去依舊是一場賭注。

儘管上面寫著實力沒什麼了不起，但也不能保證初級神擊魔術能將它一擊打倒。

要是克里夫的實力不足，或者說以識別眼得知的「沒什麼了不起」終究只是以魔界大帝的基準來判斷，其實它是頗有實力的幽魂，想必克里夫就會遭受反擊而被殺害。

雖說從狀況可以推敲出敵人的層級很低，但稱不上萬無一失。

因此，這是場賭注。

「不管怎麼樣，這樣一來就驅逐幽魂了。」

「是啊。謝謝你。不過，真是奇怪呢。聽師長所說，這裡應該有足以跨越聖級結界的高層級幽魂才對啊？」

「幸好沒有。光是普通的幽魂就搞得這麼狼狽。要是出現的是高層級的幽魂，也是有全軍覆沒的可能性。」

聽到這句話，剛才還一臉摸不著頭緒的學生會成員瞬間板起了臉孔。

但由於那是事實，他們完全無法反駁。

畢竟光是冒出骷髏鼠，就讓他們變得那麼手足無措。

假如操作骷髏兵的是高層級幽魂，想必骷髏兵的動作也會截然不同，幽魂本體的攻擊應該也會更加凶殘才是。

根據狀況，就算學生會所有成員都成為骷髏兵的一員也不奇怪。

「不過，確實令人匪夷所思。是不是再稍微調查一下比較好？」

「也對……那麼各位，請隨時小心其他的骷髏兵或是幽魂，繼續試著探索這個地方吧。」

就這樣，幽魂遭到驅逐，眾人開始探索房間。

★★★

以結論來說，幽魂之所以會出現在地上，是因為老鼠。

房間一隅有道裂開的老鼠洞，他們仔細調查之後，發現該處與地面相連。

幽魂似乎就是從那裡溜出去襲擊了學生們。

然後，為什麼在這種地方會有幽魂，也因為掉在房間角落的破爛備忘錄而獲得釐清。

這件事也很誇張。

看樣子，這個場所從前曾用來保管魔法大學重要的魔力附加品。然而卻因為某種理由，導致那些魔力附加品要從這個場所搬運到其他地方。

後來，有一名教師命令學生們打掃這個空蕩蕩的場所。

但學生們開始打掃這個場所後……卻被關在裡面。

被關在裡面的學生們主觀認為，是那名教師帶有惡意將他們關在裡面，雖然有可能是這樣，但也有可能是教師命令他們打掃後卻忘了這件事把門鎖上，導致他們就那樣……

真相已經在黑暗之中。

總之，學生們似乎為了想辦法逃出而盡了一番努力。

然而，被命令來打掃的可能是剛進入這所學校就讀不久的一年級學生，或者是單純的留級生，總之他們沒辦法想出有效的方法脫逃，時間就這樣流逝……

最後就那樣因飢餓而死在裡面。

仔細一看，骷髏兵手上拿的武器是清掃工具的殘骸，而且頭蓋骨的數量正好與被關在裡面的學生人數一致，恐怕這就是真相吧。

然後，接下來是學生會的成員所做的推測……

他們死後過了幾天，老師回來了。

老師戰戰兢兢地打開門，發現了死在裡面的那群學生。

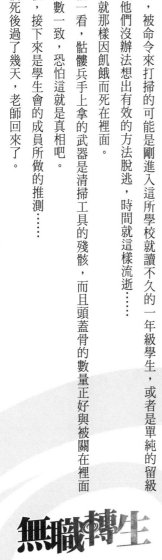

他害怕自己得負起責任，就想了某種莫名其妙的理由搪塞，在石門上施加了結界魔術（或者是找人施加的）。

於是，事件就此埋藏在黑暗之中，學生們也不死者化。

過了好幾百年之後，老鼠挖出了一條通往倉庫的道路，開始傳出了實際災情……這就是事情的來龍去脈。

由於地下倉庫自從沒有使用之後已經過了相當長時間的歲月，當時的教師以及學生的親屬們恐怕都已不在人世。

克里夫埋葬了他們的骨頭，以恭敬態度弔唁了他們。

他認為那就是自己身為米里斯教的神父唯一能做到的事。

學生會的成員也認為至少該一起祈禱，所有人都跟了上來。

他們為死去的學生一個一個製作了墳墓，並詠唱聖句。

學生會的成員也以難以言喻的表情協助了這場葬禮。

「這起事件，學校方面打算怎麼處理？」

「好像會公開。畢竟不知道是幾百年前的事件，想必也找不到遺族，對校譽應該是無關痛癢。」

「這樣啊……我還以為他們會隱瞞這件事。」

「聽說吉納斯副校長主張最好要公開這件事。」
「嗯，因為吉納斯副校長是個認真的男人。」
克里夫也很熟悉吉納斯副校長。認為他是個認真又明事理的男人。
實際上，聽說自從這個男人當上副校長之後，就大量地減少了教職員之間的種族差別。
想必是因為他為人公平，而且富有正義感。
「對了，話說回來諾倫，我可以問妳一件事嗎？」
「怎麼了嗎？」
「雖然這個問題或許會惹妳不開心……」
「既然克里夫學長會這麼說，表示問題相當嚴重……可以等我幾秒鐘嗎？我想稍微做好心理準備。」
諾倫深呼吸之後，輕輕地拍了拍自己的臉頰，喊了一聲「好」。
然後重新轉向克里夫的方向。
「請說吧。」
「這次的事情，妳為什麼沒有找魯迪烏斯商量？」
「咦？」
諾倫一瞬間露出了傻眼的表情。
「如果是魯迪烏斯，應該不會像我這樣讓你們陷入險境，就能把事情解決才對。」

「……啊～是這樣……沒錯呢。」

「妳果然有什麼考量嗎？」

「這個嘛，確實，我自己是打算不要因為瑣碎的事情去麻煩哥哥。應該說，我認為自己能辦到的事情，就應該盡可能由自己來處理。」

諾倫說到這裡面露苦笑。

「不過，這次假使有拜託哥哥就好了呢。是我的判斷錯誤。」

諾倫說判斷錯誤。

但是，克里夫記得很清楚。諾倫其實是反對這件事的。

她認為光靠自己跟大家無法解決，才會試圖阻止學生們。如果要說諾倫判斷錯誤，應該要歸咎在突然插手這件事的克里夫身上。

（要是我沒有強出頭，她也很有可能去找魯迪烏斯商量嗎……）

「抱歉，問了奇怪的問題。」

「不會……」

當兩個人交談著這樣的話題時，學生會的成員聚集了過來。

「克里夫學長！」

以渾厚嗓門呼喊名字的，是處處跟克里夫作對的獸族青年。

雙馬尾少女也站在他的旁邊。

獸族青年粗獷的長相一臉嚴肅，同時深深地低下頭。
「要是沒有學長的力量狀況就危險了！還請原諒我前幾天對你的無禮態度！」
「真的非常抱歉！」
雙馬尾少女也低頭賠罪。
「不，沒關係。反正也沒你說得那麼失禮。」
「不！非常失禮！因為你是六魔練，我就用有色眼光看待！非常抱歉！」
「我也是，我還以為你肯定和莉妮亞小姐與普露塞娜小姐是同類呢……」
「……這樣想確實很失禮。」
克里夫想起了嘻嘻笑著的貓與狗，用手指抵著額頭。
如果被視為與那兩個傢伙同類，也可以理解為何他們會對自己抱有戒心。
「不過，幸好能解決事件。真的很謝謝你。」
「這樣一來會長就不會被人說無能了！」
諾倫恭敬地低下頭後，少女以嘲弄的口吻這樣說道。
「妳怎麼每次都講這種……」
「咦～因為會長的成績不太好是事實啊～」
「成績不好與有無能力無關。會長是很了不起的人！」
「啊——真討厭，獸族每次都講這種話！嘴邊掛著會長會長的在後面搖著尾巴，有夠丟臉。」

「妳說什麼……！」

兩個人開始吵架之後，學生會的成員也在想出了什麼事而聚集了過來。

每個人的對應方式各有不同。有人在旁鼓吹吆喝，也有人想平息這個場面。

諾倫則是一臉欣慰地守望著眼前這幕景象。從她沒有出手制止這點來看，充其量只是鬧著玩，想必他們感情其實很好。

克里夫不經意地在意起他們的將來。

獸族青年與人族少女。

不知道他們在畢業之後打算怎麼做。

「雖然不是要你們為了失禮一事賠罪，但我也有件事想問問你們，可以嗎？」

「？」

「你們幾個，畢業之後有什麼打算？」

克里夫這樣詢問之後，

「我打算回到故鄉，在村子裡工作。因為當地缺少魔術師！」

屢屢頂撞克里夫的獸族青年這樣說道。

他雖然是獸族，但故鄉並不是大森林，而是位於北方大地的小型農村。由於是住在那裡的唯一一戶獸族人家，簡單講，他們被人以有色眼光看待，但為了消除掉這樣的成見，他認為只有靠自己努力才行。

「我老家是貴族——不過我想要成為騎士。」

這是挑釁獸族青年的人族少女所說。

離畢業還很遙遠的她，還沒有好好思考將來的展望。

但即使如此，她依舊隱隱想找到來魔法大學就讀的意義，找到將來的職業。與其作為一名貴族千金與某處的貴族結婚後以夫人身分活下去，她更希望成為有許多機會運用魔術的騎士。

「我應該是做生意吧。因為去年畢業的學長有邀請我跟他一起闖蕩。」

這是魔族少年所說。他明年就會畢業，現在會趁著念書的空檔在鎮上的商會打工，同時也正在學習做生意的入門基礎。

魔術對從事商人這個職業時相當有用，所以立志成為商人的畢業生也出奇地多。

「我還什麼想法都沒有呢。不過，應該會就這樣當個普通的冒險者吧？」

當然，離畢業還很遙遠的人當中，也有人抱著這樣的想法。

然而，大部分的人隨著畢業的那天逐漸接近，就會開始認真地思考離開這所學校後要做什麼。年級愈高的學生，雖然對自己的將來還很籠統，但也有許多人找出了自己的方向。

聽到他們打算前進的道路，克里夫沒來由地這麼想。

真是亂七八糟。

「可是，你們很敬愛諾倫對吧？難道沒有想過畢業後也要在她底下做事嗎？」

「這個嘛……要是諾倫會長那麼希望，我們當然也會考慮，不過基本上我們也不知道會長將來有什麼打算……」

此時，學生會成員的視線轉向了諾倫的方向。

「咦？我嗎？」

「沒錯。我也想聽聽妳希望踏上什麼樣的道路。」

於是，諾倫把手抵在下巴，稍微思考了一會兒。

「畢竟這件事還很遙遠，我並沒有想得這麼仔細。」

「總之，先告訴我妳現在的想法吧。」

「我想想，我打算從畢業時能做到的事情當中，找出適合自己的工作。」

「妳已經想得很仔細了嘛。」

這是有諾倫風格，腳踏實地的想法。

「……妳沒有什麼想做的事情嗎？」

「想做的事情嗎？」

「如果是妳，只要拜託魯迪烏斯，我想應該可以從事各種喜歡的工作吧？」

克里夫這樣說完，諾倫露出稍稍有些不開心的表情。

她的臉就像是在說「這件事和哥哥無關」。

克里夫也注意到自己失言，但在他對自己的意見賠不是之前，諾倫就說出了下一句話。

「我在這所學校學習到了各式各樣的事情。因此，我想知道自己現在究竟能辦到什麼。所以，我想要等到畢業前夕才能做出決定。」

「……！」

這句話對克里夫來說簡直是晴天霹靂。

他馬上明白了。

自己的煩惱，自己想做的事情。

沒錯，只要答應魯迪烏斯的提案，克里夫確實能在米里斯教團爬上高峰。再配合他身為教皇孫子的成長背景，應該不須費任何工夫，就能坐在適合他的位子上。

到時，克里夫肯定會這麼想。

自己到底是為了什麼而度過這七年的？

在魔法大學的這七年，自己究竟是為了什麼而學習，為了什麼而活著，又是為了什麼才得到「難能可貴的經驗」？

這七年來的「難能可貴的經驗」有存在的意義嗎？

確實，他獲得了魯迪烏斯這位難能可貴的朋友。

不過，也就僅只如此，自己本身不是連一點也沒有改變嗎？

沒錯。

他想知道。

他想確認。

想了解自己所學的東西，自己得到的東西是不是正確的。

「諾倫。」

「咦？是，怎麼了？」

「謝謝妳。這次被妳上了一課。」

看到克里夫露出柔和的微笑，諾倫愣住不動。

但是，立刻又以笑容回應他。

她將手在身體前併攏，挺起胸膛，縮起下巴。

「不，這是我該說的，我至今受到了克里夫學長不少的教導。」

她恭敬地低頭鞠躬。

魯迪烏斯不在的時候，諾論受到了克里夫好幾次照顧。

儘管對克里夫來說，頂多只是陪她商量的程度，但諾倫很感謝他。

他身為米里斯教徒的學長，聽諾倫抱怨，教導諾倫該如何保持心靈，指導她念書……

儘管諾倫仰賴的對象並非只有克里夫，但就算這樣，她也覺得自己受到克里夫不少幫助。

「雖然說這話有點早，但恭喜你畢業。真的很謝謝你一直以來的照顧。」

聽到諾倫這番話，學生會的成員也紛紛低頭，異口同聲地說：「恭喜。」

以他們的立場來說，想必只是單純在模仿諾倫。

然而，他們的語調當中確實令人感覺到敬意。

「……呃，該怎麼說。」

克里夫雖然有些難為情卻沒有謙虛。

「謝謝你們。」

他一臉害羞地將這句話說出口。

★ ★ ★

當天晚上，克里夫躺在床上，同時反復回味白天發生的事。

艾莉娜麗潔躺在他的身旁，再往旁邊，可以看到克萊夫正發出熟睡的鼾聲。

艾莉娜麗潔雖然閉上眼簾，但意識還清醒。

至於為什麼會知道她明明閉著眼睛卻還醒著，是因為她以很寶貝的方式，溫柔地撫摸著克里夫的身體。

「麗潔。」

克里夫為了不吵醒克萊夫，以輕聲細語呼喚她的名字。

艾莉娜麗潔沒有回應。

只不過她停住了撫摸克里夫的手，將自己的頭輕輕地靠在他的肩上。

不用明說也能了解這是「怎麼了嗎？」的意思。
克里夫轉向旁邊，她美麗的臉龐就在眼前。
克里夫認為不應該以貌取人。然而即使如此，他初次見面時就認為她美若天仙。儘管認為不應該以貌取人，但還是想要她。
雖說她與自己心裡所想的人不同，卻也比想像中更加美麗。
不僅是外表，就連心靈與生活方式也是。
「我決定要怎麼回覆魯迪烏斯了。」
克里夫這樣說完，艾莉娜麗潔便牽起他的手。
溫柔地握住。
「我啊，其實很感謝魯迪烏斯。多虧有他，我才能成為一個像樣的人物。不過，現在還很難說已經能獨當一面。」
艾莉娜麗潔一語不發。
她每次聽克里夫說話，尤其是提及嚴肅話題時，總是會像這樣默默傾聽。
「能和妳像這樣生育小孩，過著幸福的生活，我認為有一半也得歸功於他。他當然會否認吧。不知道為何，他很看重我。我想他大概會說『這是克里夫學長努力的成果』。」
「所以啊，麗潔。要是魯迪烏斯感到困擾，我就打算去幫助他。要是他感到困擾，我隨時，每次都會幫助他。儘管我的力量根本比不上魯迪烏斯，但應該也有什麼事情是我能辦到的。肯定會有什麼是他做不到，而我能做到的事情。」

「而且，如果是那種他辦不到，而我辦得到的事情，要是跟他做相同的事，或是在他的庇護下工作，我想肯定不會繼續增加。」

「為了以他朋友的身分受他仰賴，我認為應該要靠自己的腳走下去，應該要由我自己親手得到想要的東西，保護手中的東西。」

克里夫的嘴裡所說出的，並不是基於堅定的理論。

他一定只是因為這麼想，也僅只於此。

「我想要有確實的感覺。」

確實的感覺。

沒錯，克里夫想要有確實的感覺。

就是能靠自己成大事。證明自己獨當一面。了解自己在這七年來究竟成長了多少。要靠自己親手保護艾莉娜麗潔與克萊夫。

他想在名為米里斯教團的組織當中，親自確認這些事情。

當然，這不過是他的私心。

其實，如果他打從心底想保護艾莉娜麗潔與克萊夫，打從一開始就借助魯迪烏斯的力量，得到奧爾斯帝德這個後盾肯定更加確實。

但是，不是這樣的。

這樣一來，克里夫肯定會在將來的某一天失去自信。
在真正陷入窘境的時候，無法隨心所欲地行動，只能僵在原地。
到時他想必會等待根本不存在的某人下達指示，因此錯失良機。
像這樣的事情，克里夫沒辦法好好用話語說明清楚。只不過，他隱隱約約地預測到自己的未來，而且討厭變成那樣。
而且，艾莉娜麗潔也很清楚他的想法。
「克里夫是這樣想的啊。」
「不對嗎？」
「不會。但只有一點要訂正。就是在你的手中已經有我了。而我能成為擊倒對手的劍，也能成為護身的盾牌。武器要是不用可就浪費了喔。」
「嗯，說得也是。」
有句俗話說，武器與防具是身體的延伸配備。
艾莉娜麗潔希望克里夫效法這句話，把自己當作他的手腳使用。
並不是作為武器使用，而是希望克里夫把她當作手腳那類理所當然的存在。
這就是艾莉娜麗潔為他盡心盡力的方式。
「不過話又說回來，你之前明明煩惱了好一段時間，怎麼突然下了這個結論？」
「沒有，其實我今天和學生會的成員發生了這樣的事——」

克里夫說出了那天之後發生的事情。

諾倫感到傷腦筋的事，擊退了學校地下的幽魂的事，詢問學生會成員將來道路的事……

最後，諾倫在莞爾一笑的同時，對自己送上感謝與祝賀的事。

「這樣啊，今天真是個好日子呢。」

「是啊……不過，有件事令我很在意。」

「在意的事？」

「對。該怎麼說，是我今天才想到的……」

「請告訴我。」

「不……嗯。」

「不要緊，我不會笑你的。」

看到克里夫欲言又止，艾莉娜麗潔溫柔地詢問。

不過，她的嘴角稍稍有些上揚。克里夫會像這樣吞吞吐吐的時候，多半是與女性有關。而且，他害怕自己被認為很花心，所以才會像這樣欲言又止。

艾莉娜麗潔認為克里夫的這種地方非常惹人憐愛。

因為他之所以欲言又止，是因為不想被艾莉娜麗潔討厭的一種感情表現。

「呃，向妳說這種事好像也不太好……我只是在想，諾倫說不定喜歡我。」

「哎呀哎呀哎呀哎呀，克里夫，你外遇了嗎？」

「才……才不是！」

「吶，克里夫。」

平常的話，每當克里夫慌張地否認，艾莉娜麗潔總是會調侃他，最後再說一句「我是開玩笑的」然後抱住他結束這個話題。

但是這天，艾莉娜麗潔決定有些認真地談論這件事。

「大部分的男人都會向我求愛，但是在知道我是個什麼樣的女人之後，不會想要和我擁有一個家庭。我自己本身也是這麼認為。」

「不過，你卻願意這麼做。跟一個在自己沒看到的地方，向一個來歷不明的女人，正面地面對她。願意從正面試圖治好詛咒。那是一件非常難辦到的事情。所以我才會打從心底愛上你。我的心是你的。如果是為了守住獻給你的貞節，我甚至認為就算因詛咒也死也在所不惜。你就是如此出色的男人。對我來說是世界第一。」

「不……我認為自己沒有妳說得那麼了不起……」

被瘋狂讚美之後，克里夫面紅耳赤地讓視線到處亂飄。

「有了這個認知之後，要不要相信我接下來要說的話就交給你來判斷了。」

「嗯……嗯。」

克里夫用力地嚥下了口水。艾莉娜麗潔快速地接著說道：

「那是克里夫會錯意了。」

「……」

「因為我擁有詛咒，所以對女孩子在戀愛方面的細微變化非常敏感。所以，我認為肯定沒錯。」

毫不留情的這番話，讓克里夫啞口無言。

艾莉娜麗潔對那樣的克里夫嗤笑一聲。順勢以調侃的語氣說道：

「不過，這或許是因為我在嫉妒才會這麼說的……因為不想讓諾倫把你搶走，所以才不惜說謊讓你疏遠她……」

「不……那不可能。嗯。我自己也很清楚。所以才會在開場白補充一句『只是在想』。其實我並沒有期待。畢竟我身邊已經有妳了。只不過，如果她對我抱有好感，我會覺得那是一件很難過的事，所以才——」

「好好好。」

克里夫滿臉通紅找著藉口。

艾莉娜麗潔看著克里夫，覺得這樣的他很可愛。雖然講法很像是在試探，不過正因為他願意這麼說，所以艾莉娜麗潔才會喜歡克里夫。

「嗚……啊啊啊啊……啊啊啊啊……！」

此時，克里夫開始撒嬌。

不知道是因為克里夫的聲音太大，還是父母親打情罵俏影響到他，總之他相當生氣。

「哎呀哎呀，是我們太吵了呢。」

「唔，抱歉……」

艾莉娜麗潔挺起身子，在旁邊的嬰兒床彎下腰，開始照顧克萊夫。

克里夫也站起身子，他雖然在猶豫該幫什麼忙，但艾莉娜麗潔很快就哄完克萊夫，讓他安靜了下來。

艾莉娜麗潔一邊搖著身體說著「乖乖乖」，一邊哄著小孩。

看到這幕景象的克里夫，湧起了一股難以言喻的幸福心情。

與此同時，他也重新審視了自己今後的人生，堅定了自己的意志。

第四話「克里夫與札諾巴的畢業典禮」

如此這般，時光匆匆流逝。

今天，是拉諾亞魔法大學的畢業典禮。

在大講堂舉辦的畢業典禮。

在井然有序排好位置的畢業生當中，克里夫就在其中。

其實札諾巴也在後面的位置。

遭到退學的他雖然無法參加畢業典禮，但試著詢問之後，才被視為特例獲准參加。畢竟他是特別生，課程本身也幾乎沒有在上。

可說是副校長吉納斯作人處事的精妙之處。

雖然札諾巴本人對畢業典禮這件事並沒有那麼大的興趣。

不過，像這種儀式，出席參加就有其意義存在。

畢竟是慶祝嘛。

出席者一如往常。在大約五百名的畢業生旁邊，站著一整排兩百~三百人左右的教師陣容。洛琪希在上次參加時看起來還有些格格不入，不過這次似乎已經融入團隊當中。

或許是因為習慣了吧。就算只有一個人身高特別嬌小也不會感到在意。反而會感覺她在是理所當然。

在校生只有學生會。

以一臉嚴肅表情的諾倫為首，魔族與獸族等諸多種族排排站著。

愛麗兒擔任學生會長時是以人族為中心，但只要領袖換人，底下追隨的人也會跟著改變。我在去年的入學典禮時也曾這樣想過，諾倫似乎特別容易受到魔族與獸族的學生仰慕。也沒有從一般學生當中聽到不好的傳聞。

儘管不是像愛麗兒那般令人由衷欽佩，但在大家的認知當中也算是一名值得信賴的學生會長。身為哥哥的我也很引以為傲。
順便說一下，這次我也獲得了吉納斯的許可，讓我坐在學生會成員的末座。
哎呀哎呀，不管看幾次，畢業典禮這種活動總是令人感慨萬千呢。
「畢業生代表！布魯克林・馮・艾爾札司。向各位授予畢業證書，以及魔術師公會D級證書！」
這次的畢業生代表並不是克里夫。
雖然我沒聽過那個代表的名字，卻對姓氏有印象。
我記得是魔法三大國其中之一，涅里斯公國的王侯貴族。
拉諾亞大學雖然冠以拉諾亞之名，卻是由魔法三大國共同出資經營。
在這樣的典禮上，會以三大國的高級貴族、王族優先，想來也是默認的規則之一。
「布魯克林・馮・艾爾札司。誠心誠意地收下！」
「願你專念於魔導之路！」
克里夫一邊看著這幕景象，同時擺出了厭世的表情。
如果是以前的克里夫，肯定會說「為什麼我不是代表！」而大吵大鬧。
實際上光以成績來看，在畢業生當中應該沒人能贏過克里夫。
他的最終成績是上級攻擊魔術四種、上級治癒、上級解毒、中級結界以及上級神擊。除此之外，還提出了緩和詛咒的相關研究報告。儘管沒能取得聖級，但沒有人能與他分庭抗禮。就算放眼整個大學的歷史，想必也沒幾個人能當他的對手。

據我所知，這麼偉大的人物頂多只有洛琪希。

我？因為我在大學頂多只學到治癒以及解毒，所以不算數。

除了剛才所說的，克里夫還取得了米里斯神父的資格。明明每天晚上都和艾莉娜麗潔翻雲覆雨，成績也沒有退步。他把在學校能學的事情全部學完，無論精神還是肉體都成長為大人。再加上他還娶了美嬌娘，甚至連小孩都出生了。

真是完美無缺的現充。

只不過，那個表情。

恐怕不是在怨歎自己沒有獲得代表的位置。

那是一臉厭世，煩惱的神色。

說不定是他兩個月前說要決定的事情，現在依舊很難做出決定。不過，既然他要煩惱就讓他煩惱吧。畢竟能在兩個月內下決定的事情並不多見。

畢業典禮結束後，我首先與札諾巴會合。

穿著正式衣服的金潔與茱麗拿著花束跟在後面。因為沒有其他人做類似的事情，這想必是西隆王國的習俗吧。

「札諾巴，恭喜你畢業。」

「喔喔！師傅！謝謝您！」

札諾巴穿著魔法大學的制服。雖說是適合年輕人的設計，但比起西隆王國的正式服裝看起來更適合他。

「師傅似乎為了讓本人畢業而動用了各種管道……日前突然收到大學寄來的通知，當時本人著實吃了一驚。」

「這不是很好嗎？出席這種典禮，也算是為自己做個了結喔。」

典禮這種活動果然還是應該來參加比較好。

希露菲也對沒辦法出席畢業典禮這件事感到有些遺憾。

不過，畢竟札諾巴是王族，他或許認為所謂典禮只不過是一種麻煩的代名詞。

「還是說，你不喜歡這樣？」

「不，起初本人確實覺得麻煩，但參加之後，這種感覺意外地不壞……」

札諾巴說完這句話，環視周圍。

畢業生不是被在校生包圍，就是向老師打招呼，放眼望去都是令人感到欣慰的光景。

哎呀，在那個人群中心的是諾倫嗎？

一名疑似魔族的少年面紅耳赤地握住她的手。

從諾倫面露困擾的神色，周圍的學生會成員一臉竊笑的狀況來看，想來是告白事件吧。

或者說只是要求憧憬的學生會長跟自己握手的那種更為溫馨的場景。

諾倫握手會啊。要是買瑞傑路德人偶附贈與諾倫的握手券，身為親衛隊的粉絲同好會成員肯定會買下大量商品吧。

不對，目的又不是為了賺錢，還是算了吧……

在那邊被女孩子包圍的人是洛琪希。有大約五個女學生哭成淚人兒向洛琪希低頭鞠躬。洛琪希在稍稍露出微笑的同時回了幾句話，結果女學生聽了後似乎很感動，大聲哭泣抱住了洛琪希。

洛琪希雖然露出困擾的表情，也輕輕地拍著她的背。

周圍的女學生們也跟著哭了出來，開始嚎啕大哭。

其他地方也各自展開著畢業事件。雖然有些鬱悶，但卻有畢業典禮獨特的舒暢氛圍。

不過，我和札諾巴的周圍沒有任何人靠近。

畢竟有一部分是因為我們在學校認識的人不算很多，但總覺得有一點寂寞。

算了沒關係。

我已經預約好待會兒要去的酒館。成員有我的家人、莉妮亞以及普露塞娜。順便也叫上了七星，大家要聚在一起開心地舉辦宴會。雖然奧爾斯帝德不便參加，但也收到了他的祝賀。

雖然在這樣的場合會感到寂寞，但我也並非沒有伙伴。

好啦，就早點回去吧。

「魯迪烏斯大人。」

本來我這樣想，一名男子靠了過來。是個有著一頭柔順的金髮，年約二十歲的男子。

感覺好像看過又好像沒看過。

是哪裡的誰來著？

「初次見面，我叫布魯克林・馮・艾爾札司。」

啊，是被選為畢業生代表的人。不是剛剛才看過嗎！

「你今年被選為畢業生代表，恭喜。」

「謝謝你。」

我低下頭後，他也優雅地向我回禮。

「不過，能以畢業生代表的身分畢業，終究要歸功於我的家世。我在考試成績方面，始終屈居於克里夫大人之下。」

「不會不會，你太謙虛了……」

我差點流下冷汗。雖然沒有直接說出口，但其實我也是這麼認為。

「不過，雖說是託家世的福，但我在最後的最後，還是贏過了克里夫大人。終於贏過他了……」

確實，以結果來看，被選為畢業生代表的人是他，也算是贏了吧。

雖然贏得不夠光彩，不足以讓他能吹噓自己的勝利。

「……所以，魯迪烏斯大人。」

布魯克林目不轉睛地盯著我。

眼神很真誠。是怎麼了嗎？我難不成要被告白了？因為贏了克里夫所以要告白？這是什麼操作？

別這樣，我家裡還有老婆跟老婆跟老婆還有小孩啊……

「我要向你提出決鬥。」

是我誤會了。

決鬥啊……最近或許是因為我成為奧爾斯帝德的部下一事被傳開了吧，偶爾會出現像這樣的貨色……

不過，為什麼是在贏了克里夫後才找我決鬥？

「為什麼？」

「是這樣的。我從以前開始，就對自己的實力到底在哪很感興趣。然後，在這幾年來，我也了解自己的實力遠比一般水準更加出眾。」

出眾…

也對，再怎麼說也是畢業生代表。實際上應該比普通人還要高出一兩個層級吧。

「可是，魯迪烏斯大人，你的實力更在這之上。」

「……是這樣嗎？」

「我其實一直都很想向你挑戰。自從你以一擊打倒魔王巴迪岡迪的那個時候，就一直這麼想。」

布魯克林說完這句話，緊緊地握住了拳頭。

「我家是武人世家。一旦回到本國繼承家業，就會擁有部下，立於使喚他人的立場。而這樣一來，我將再也沒有機會測試自己的實力了吧。」

「畢竟一旦站在領導者的位置，就沒辦法亂來了呢。」

「是的。所以，請讓我趁著這個最後的機會，向您挑戰！」

布魯克林氣勢驚人地低下頭。

狀況我了解了。只要是男孩子，不論是誰都會在意自己的實力。我知道自己是在平均之上。也明白有比我更強的人存在。也能理解雖然多半會輸，卻還是想挑戰看看的心情。

只是我有一點不太懂。

「為什麼是在贏了克里夫之後才這麼做呢？」

「咦？」

我這樣詢問後，布魯克氏擺出了一臉茫然的表情。

「我聽說要挑戰魯迪烏斯大人，就必須要打倒六魔練才行。因為莉妮亞大人、普露塞娜大人以及菲茲大人都已經畢業，巴迪大人行蹤不明……而札諾巴大人我已經打倒了……」

「……」

六魔練是啥……話說起來，好像有這麼一回事。雖然不知道是從誰開始傳起的。必須要打倒所有人，否則就沒辦法挑戰我什麼的。

也就是說這傢伙老實遵守了這個規矩嗎……

「你已經贏過札諾巴了？」

「是的。在課程中的模擬戰已經贏過了不少次。」

「這樣啊。」

我往札諾巴瞥了一眼，他竟然別開了視線。

……算了，如果是只靠魔法的戰鬥，札諾巴也沒有勝算。不過他一直贏不了克里夫，所以才一直拖到了現在。以最終的結果來說，他雖然不認為自己贏過了克里夫，但畢業之後就會完全失去機會，所以才會像這樣來拜託我。

原來如此啊。

紀念畢業嗎？

「果然也必須要打倒畢業的那幾位才行嗎……」

對他來說應該是打算留下紀念吧。

最後的了斷。跟硬著頭皮告白的感覺也很相像。

「不，沒問題。就來打吧。」

在畢業典禮上想要做些什麼，不論在哪個世界都是一樣的。

「……！非常謝謝你！」

聽到我的回答，布魯克林又再次用力地低下頭。

「抱歉，札諾巴，麻煩你當一下裁判。」

「了解了。師傅。」

我將上衣交給札諾巴保管。

雖然腦中有一瞬間閃過了魔導鎧……不過還是別穿比較好吧。

★　★　★

移動到校庭後開始決鬥，到事情全部告一段落為止，大概花了三小時左右的時間。

從結果來說，我贏了。畢竟我每天與劍王艾莉絲和龍神奧爾斯帝德訓練可不是做好看的。

也沒有苦戰的感覺，就像是扭斷嬰兒的手那般輕鬆取勝。

我沒有手下留情。

布魯克林似乎也早就知道結果，用神清氣爽的表情向我道謝。

到這裡為止還好。

後來，看到這幕景象的其他畢業生也接二連三地向我提出挑戰。

他們聲稱以快食比賽贏過札諾巴、以賽跑贏過克里夫之類，用這種很難判斷真假的理由。

還聚集了大批看熱鬧的人潮，感覺我也變成了紅人。

就我來說，因為覺得愈來愈有意思，所以決定來者不拒。畢竟是畢業典禮，而且一開始說什麼六魔練的人也不是我。平常一向很嘮叨的諾倫今天也沒說什麼，還動用學生會的成員把看熱鬧的人聚集了起來。

她的表情就像是在說雖然不想引起騷動，但既然是畢業典禮也無可奈何。

抱歉了，學生會長。

「呼。」

於是，與二十個人左右的決鬥結束。雖說我從平日就有鍛鍊，但還是很累。

大家都很滿足。每個人臉上都掛著心滿意足的表情離開。

要是能成為之後要回鄉的人的回憶就好了。

然後，一個人也不剩了。

諾倫也說還要整理會場要我先回去，然後就消失了身影。

留下來的，只有札諾巴與他身邊的兩名隨從。

「不愧是師傅，真是受歡迎呢。」

一直擔任裁判的札諾巴似乎也有些疲憊。

不管怎麼說，這傢伙實在缺乏體力。

「本人已經累了……師傅覺得如何？您不會累嗎？」

「不，我沒問題。只不過我們身上都有點髒。在宴會之前，還是先換套衣服比較好。」

「嗯……說得也是。」

札諾巴這樣說完，低頭看了自己的服裝。上面沾滿了被魔術餘波濺起的泥巴以及沙子。當然，處在戰鬥中心的我也是如此。

「那麼，就先回家一趟吧。令妹要怎麼辦？」

「諾倫說會參加，而且我也告訴過她會場在哪，應該會自己過來才對。」

「這樣啊，那麼……」

此時，札諾巴的視線突然從我身上別開，投向了我的背後，稍微高一點的位置。

我轉頭望去，試著追逐他的視線前方有什麼。

看到了。

一頭暗棕色的短髮，正在屋頂上觀察著這邊。而在旁邊，金色的過肩垂直捲髮也正隨風飄逸。

「茱麗、金潔。」

「是。」

「抱歉，妳們可以先回去，幫本人準備替換用的衣服嗎？」

「明白了。」

兩人點頭之後，便離開了現場。

儘管已經決定彼此不再是主從身分，但不管怎麼看都是主從啊。不過也不是說改變就能改變的吧。

「那麼師傅，我們走吧。」

「嗯。」

我對札諾巴這句話點頭，然後走進了校舍。

「我全部看到了。魯迪烏斯果然厲害。」

我們移動到屋頂上，便看到克里夫一臉憔悴地這麼說道。

艾莉娜麗潔也在他的旁邊。我原本就知道她有來參加畢業典禮。

因為，她事前就拜託我們家幫忙照顧克萊夫。不過，我倒是沒猜到她明明退學了卻還是穿著制服。至於他們穿著制服在做什麼，我就不過問了。

畢竟，今天是畢業典禮。

不論在哪發生了什麼事都沒有什麼好不可思議。

「該說真不愧是『龍神的左右手』嗎？」

「請別消遣我了。如果是那種程度，就算是在跟奧爾斯帝德大人戰鬥前也可以辦到。」

「說得也對。」

克里夫這樣說完，將身體靠到了屋頂的欄杆上。

「克里夫學長，你為什麼會在這種地方？」

「也沒什麼理由。只是沒來由地就想爬到高的地方而已。」

克里夫一邊抬頭仰望天空，同時這樣說道。

沒來由地想爬到高的地方，是嗎？

偶爾也會有這種時候吧。不過因為我不是很擅長站在高的地方，會沒來由想去的只有保羅的墳墓。

「不管怎麼樣，克里夫學長。恭喜你畢業。」

「謝謝你。」

我走到克里夫的旁邊，和他一樣將身體靠在欄杆上。

我不認為克里夫會跳樓，只是自然而然地這麼做。

札諾巴也移動到克里夫的另外一邊。

艾莉娜麗潔就像是在守望著我們三個人似的，站在稍微有些距離的位置。

啊，總覺得現在的構圖很青春啊。

仔細想想，克里夫說不定是最青春的時期。二十二歲。有小孩的畢業典禮。

感覺會有很多煩惱。

不對不對。別說蠢話了，至少先問他今天的宴會有什麼打算吧。

畢竟他已經說過會參加了，而且其中一名主角臨時缺席也會讓我很困擾。

「克里夫學長，你之後有什麼打算？」

會在哪個時間過來？

是要和我們一起去宴會，還是說要和艾莉娜麗潔再戰一場之後才來。我是以這樣的想法問的。

「……」

然而，克里夫卻以沉默回答我的問題。

是很難回答嗎？換句話說，他打算再和艾莉娜麗潔享受一下制服玩法嘍？

「……我和麗潔商量之後，也思考過了。」

過了幾秒鐘之後。克里夫總算開口說話。

「我希望你能再等我一年。」

霎時間，我沒有搞懂他在說什麼。

預約酒館的時間是今天。根本不可能再等上一年。

「是希望等小孩子再大一點，是嗎？」

札諾巴這句話，讓我猛然回神。克里夫在兩個月前說過「會在畢業典禮時給出答案」。而他現在正打算說出那個答案。

不不不，我可沒有忘記喔。因為今天是畢業典禮又要舉辦宴會，我只是想說之後再問也不要緊。

「沒錯。因為克萊夫還小，我希望至少等他斷奶之前都好好照顧他。」
克里夫以嚴肅的表情，俯視著魔法都市夏利亞。
從這裡放眼望去，街景看得一清二楚。或許是因為屋頂是綠色的，我家格外顯眼啊……
話說起來，剛進入這所大學就讀時，這座校舍並沒有屋頂。
在增建之前，大概是三年級的時候，有做了一份「有沒有需要什麼設施」的問卷調查，當時回答了「屋頂」，結果不知道什麼時候就蓋好了，只是我到頭來一次也沒來過。
「從這裡前往米里斯神聖國，要花上將近兩年。不過魯迪烏斯，要是能讓我用你那邊的轉移魔法陣，就能縮短移動時間。雖然我不知道能夠縮短到什麼程度，但起碼應該會有一年的緩衝時間才對。」
在克里夫的心裡，似乎認為在畢業之後的兩年以內回去是個義務。
真是一板一眼的傢伙。
「你應該願意借我用魔法陣吧？」
「那是當然。」
「多謝。」
轉移魔法陣是禁忌。
不是用在緊急場合，而是用在私事上，對克里夫而言或許是會讓他踩煞車的行為。
「還有魯迪烏斯，關於成為你們的伙伴這件事，該怎麼說呢……」

「是。」

克里夫感覺欲言又止。

這種氣氛應該是會被拒絕吧。只是我想好歹也該問一下理由，試著說服他……

「關於這件事，也希望你能等我。」

「等你，是嗎？」

「嗯，確實，要是有龍神奧爾斯帝德作為後盾，哪怕是在米里斯教團，我也能站上更高的地位。」

應該有辦法吧。

奧爾斯帝德應該也很了解米里斯教團的內部狀況。搞不好他在漫長的輪迴當中，很有可能已經掌握了這個時期的教團幹部有什麼把柄。

「可是，我認為這樣不行。」

「……」

「雖說有一部分是因為我想嘗試自己努力累積到今天的實力，在米里斯教團能管用到什麼程度……但是，我不希望坐在由某個人為我準備的椅子上。」

克里夫緊緊握拳，然後這樣說道。

我也不是無法理解。與剛才向我提出決鬥的那群人相同。測試實力。是克里夫身為男人的一面。

「到了最後，要是我能夠在米里斯教團爬到高處，就會成為你們的伙伴。」

唔——如果克里夫因此而爬上高處當然很好，但也有可能辦不到吧。

如果只是垮台倒還好。到時可以再透過其他管道接觸米里斯教團，克里夫則是讓他成為奧爾斯帝德的專屬安全帽工匠就行。

不過，要是他不幸遭人謀殺，可不是我所樂見的結果。我不可能希望朋友遭到不測。還是說，如果那是克里夫挑戰之後的結果，我應該要心甘情願地接受嗎？

「那麼，克里夫先生。一年後你打算一個人出發嗎？你的家人該怎麼辦？」

札諾巴代替我提問。

對喔，艾莉娜麗潔與克萊夫打算怎麼辦？

克里夫面有難色。與其說是煩惱，不如說是一臉歉疚。

不過，那是下定決心的表情。

「我要把他們留在這。」

「……到什麼時候？」

「至少，等到我能獨當一面之前。」

獨當一面之前……換句話說，就是可以解釋成不知道得等到什麼時候？

我望向艾莉娜麗潔，她將雙手交叉在腹部位置，閉著眼睛。

這表示她同意嗎？

可是，這樣好嗎？

艾莉娜麗潔應該也想要盡可能地待在克里夫身邊守望他，在旁邊支持他不是嗎？

詛咒也是，雖說能靠克里夫的魔道具壓抑，但也不可能維持好幾年。

不對，這件事我不應該插嘴。克里夫是在和艾莉娜麗潔溝通後才決定的。

現在就是對克里夫而言的轉折點吧。

「我明白了。」

要尊重克里夫的意見是有風險的。

要是克里夫在我看不見的地方喪命，我就會失去與米里斯神聖國溝通的橋梁。

同時也會失去負責研究詛咒的人物。

但是，也有回饋。由於獨自接受歷練，克里夫想必會有顯著的成長。

有所成長的克里夫成為伙伴之後，應該會比現在更加可靠才是。雖然不確定是否符合投資報酬，但確實會有回饋。既然理論上說得通就沒有問題。

克里夫這麼決定，艾莉娜麗潔也同意了。

那麼，我也打算尊重他的意見。

「那麼還有一年的時間，請多多指教。」

「嗯，彼此彼此。」

說完這句話，克里夫把手伸了過來。

我握住他的手，重重點頭。

然而直到克里夫能夠獨當一面為止，要等三年以後才能知道他會不會成為伙伴。

那麼，克里夫這邊就先放著，我來做點別的事吧。

我想想……首先，先向愛麗兒那邊打聲招呼好了。

畢竟札諾巴的人偶也才剛開始販賣，也必須要進一步擴大傭兵團才行。

不管哪邊都希望能往阿斯拉王國發展。接下來這一年，就當作是要攻略阿斯拉方面的期間來行動吧。

要開始變忙了呢。

……不過在那之前，今天就一起為了畢業這件事好好慶祝一番吧。

「好，克里夫學長。別再聊艱深的話題，今天就讓我們一起狂歡吧。」

「……也對！」

就這樣，札諾巴與克里夫的畢業典禮在此劃上句點。

閒話「鄉巴佬，前往都會」

「妮娜小姐，有妳的信。」

「劍王」妮娜．法利昂是在夏天的時候收到了這封信。

長年被冰雪所覆蓋的劍之聖地總是寒冷，但這天卻是彷彿像春天那般溫暖宜人。

道場的主人劍神加爾．法利昂在上午的時候說「在這種日子還要修行也太蠢。喂，今天就隨便你們吧」，之後就果斷去睡了午覺。

由於妮娜生性勤勞，依舊老實地自主練習，不過聽到有信後就停下了動作。

「信？……伊……佐露……啊！」

滿身大汗地從郵差手中接過信件的妮娜，頓時綻放笑容。

因為在畫有水神流徽章的信封背後，寫著令人懷念的名字。

伊佐露緹．克爾埃爾。

她是幾年前曾與妮娜一起修行的，水神流的頭號劍士。

她現在應該是作為阿斯拉王國的劍術指導在當地工作，同時經營著水神流的道場。

儘管與她之間是朋友關係，但自從她離開劍之聖地後，兩個人的關係也逐漸變得疏遠。

所以會像這樣寄信過來實屬罕見。

「……我看看。」

妮娜開心地拆開信封，取出了裡面的信紙。

然而，她看到寫在上頭的密密麻麻文字之後，表情瞬間沉了下來。

「上面寫著什麼啊？」

妮娜看不懂文字。儘管勉強還讀得出熟人的名字，但並沒有達到能閱讀長文的水準。不過在這個劍之聖地，倒也不會感到困擾。

住在這個道場的人當中，也有人受過正規教育。想必會有人看得懂吧。

（找個人幫我唸吧。）

妮娜前往後庭。

那裡有好幾名門生正沐浴在風和日麗的陽光底下，悠哉地聊著天。

如果平常看到他們像是在偷懶一樣，以妮娜的立場來說肯定會大聲叱喝。

因此，他們也慌慌張張地挺起身子打算辯解，不過今天是道場主人親口表示要休息的難得日子。妮娜並沒有特別對他們說什麼，只是拿起信問有沒有人能夠閱讀。

他們聽到後面面相覷，其中一人舉起了手。妮娜將信交給自稱「如果是人類語勉強可以」的他幫忙唸給她聽。

內容很簡潔。

是這幾年所發生的事，以及近況。

列妲死後，伊佐露緹負責經營道場處理各種大小事。身為劍術指導，經常與基列奴處得不好。妮娜臉上掛著微笑聽門徒敘述內容，同時腦海也浮現出做事一絲不苟又有潔癖的伊佐露緹，因為基列奴粗魯的遣詞而板起一張臉的畫面。

然後，她因為寫在最後的一段文章而擺出嚴肅表情。

「馬上就要舉行愛麗兒陛下的加冕儀式。在儀式的前後一個月將會舉國歡騰舉辦祭典。請妳務必配合那個時間到此一遊。」

妮娜聽到這件事後，立刻下定決心前往阿斯拉王國。

沒什麼好煩惱的。因為當機立斷正是劍神流的座右銘。

想去就去。

★

★

★

阿斯拉王國首都亞爾斯的大街被人潮擠得水洩不通。

誇張到往旁邊滑出一步就會撞到人，甚至看不見數公尺前方的狀況。

密度簡直就猶如繁殖過量的雪狼群體。這是因為加冕儀式近在眼前，所以阿斯拉王國首都亞爾斯聚集了世界各地而來的人。

心想或許能看見最強國家的國王一眼，來自鄉下的鄉巴佬。

為了獻上祝賀，以親善大使的身分被派來的他國貴族。

認為在這個時機說不定有做官的好機會而來的浪人劍士。

預測典禮會需要人手，追求簡單且報酬優渥的委託而來的冒險者。

隱藏樹葉最好的地方是森林裡面，想趁這個機會逃離追兵的通緝犯。

有人潮的地方自然會有錢潮，打算販賣各種奇怪商品而來的商人。

住在中央大陸，五花八門的人種都逐漸地聚集到這個國家。

再加上今天阿斯拉王國的白騎士團將會舉行閱兵典禮，為了一睹憧憬的騎士團英姿，鎮民們也都擠到了大街上。

「嗚哇……」

在這群人當中，妮娜東張西望地左顧右盼，同時走向鎮上的中心。

她是有生以來第一次擠在這麼多的人潮當中。儘管她認為自己也曾去過不少人群擁擠的城鎮，但眼前人山人海的景象實在超乎想像，不禁令她產生了混亂。

「嘖！走路會不會看路啊！」

「什……明明是你撞過來……奇怪？」

被人找碴了，當她這麼想的時候，對方已經混在人群中消失而去。

這樣的經驗也是第一次。她再怎麼說也是劍王。能藉由與生俱來的敏銳直覺，了解剛才發脾氣的男人是誰以及往哪邊移動。

但是，對方只是凶了一頓後就逕自離去。

恐怕他甚至沒有正眼瞧過妮娜。

（難道在都市像那種凶人的態度就類似打招呼嗎……）

在劍之聖地要是有人敢用這種口氣對自己說話，明明一瞬間就可以把對方送到治癒魔術師那邊……

說不定在都市就算被人家凶了一頓，也不能當作對方是在找碴。

「來喔來喔，那邊的漂亮小姐，要不要稍微過來看一下啊？」

「漂……漂亮……我嗎？」

當她四處遛達時，突然被一名疑似商人的人物叫住。

他似乎在附近的一間小店販賣某種商品。

「沒錯沒錯。我還是第一次見到像妳這麼漂亮的女性……話說回來，這位小姐看起來是第一次來首都的對嗎？」

「對，不過你為什麼知道？」

「咦？看一眼就知道了啦。會在這個人潮當中像個無頭蒼蠅亂竄的，就是外國人的證據呢。」

聽到自己不知不覺間做出像個鄉巴佬的舉動，妮娜面紅耳赤。

她自認經常到都市。

但是，看在真正的都市人眼裡，連妮娜認為是都市的地方也算是鄉下。

「人潮真是驚人呢。果然大家都是為了加冕儀式來的？」

「當然也有一部分是因為這樣，不過今天還有騎士團的閱兵典禮，所以大家才會都跑到這條大街上集合。」

「是這樣啊……」

「鎮上到處都有招牌吧。如果要看閱兵典禮就去大街，沒興趣的人就走後方的薩亞爾騰路……」

「不好意思，我不識字——」

「啊，原來如此原來如此，如果妳不是要去閱兵典禮，從我們店後面通到薩亞爾騰路比較方便，不介意的話，要從這邊過去嗎？」

「可以嗎？不過，通行費——」

「哎啊～當然是免費的……啊，對了。既然妳不識字，不妨買下我們的商品吧。這是附贈人偶的繪本，不過書後面也有附文字的唸法，廣受好評喔。」

「我的錢不夠用來買書……」

「不要緊不要緊。我們的書比妳所想的那種書還要便～宜多了。阿斯拉大銅幣兩枚……不，這也是某種緣分，我吃虧點，算妳阿斯拉大銅幣一枚與銅幣八枚就好，意下如何？」

回過神來，妮娜已經站在行人少了一些的路上，手上拿著繪本與人偶。

錢包裡面，則確實地減少了阿斯拉大銅幣一枚與銅幣八枚的錢。

會有這個結果，是因為對方打斷自己的發言，接二連三地推銷的緣故。

仔細想想，這種感覺與遇到詐欺沒兩樣，但並沒有感到不快。或許是因為這個高速的展開，與要求劍神加爾・法利昂陪自己訓練時很相像。

不過話又說回來，大銅幣一枚與銅幣八枚。

以書的價格來說或許很便宜，但以妮娜手頭上的現金來說相當昂貴。

但是，既然對方告訴自己捷徑，要是什麼都不表示會有辱劍王之名。

（所以，這樣就好了……）

妮娜這樣想著，邁出了步伐。

薩亞爾騰路位於比大街還低大約兩公尺的地方。

稍微有點潮濕，隧道很多。給人一種猶如在地人小路的感覺，但道路寬敞，就如商人所說比大街來得空曠許多。

不過這畢竟只是做個比較，她依舊被人潮擠得動彈不得……

但即使如此，依舊清楚地分出前往市中心的人潮以及朝向城外移動的人潮，所以妮娜也能夠順利地再次開始移動。

「這樣一來，應該有辦法在傍晚前抵達伊佐露緹的道場。」

剛才花的錢如果以情報費來說或許還不壞。

妮娜一邊這樣心想，一邊望著手上的人偶與繪本。

拿著長槍的魔族人偶，繪本的封面也畫著同樣人物。

他恐怕就是主角吧。

很稀奇的是斯佩路德族。

儘管不知道是什麼樣的故事，但妮娜也是一介武人，也曾有過與斯佩路德族一戰的念頭。

根據朋友艾莉絲所說，斯佩路德族似乎強得不像話。艾莉絲可是狂犬，渾身散發著連惡魔都會別開視線讓路的殺氣。就連這樣的她都讚不絕口的斯佩路德族。讓妮娜稍微有些興趣。

（況且，若是像商人說的可以拿這本書來學習，趁著練習的空檔學一下或許也不壞。）

她邊這樣想著邊走在路上，此時大街的方向傳出了歡呼聲。

看樣子似乎是閱兵典禮開始了。

看到人聲如此鼎沸，妮娜也稍稍湧起了興趣。雖然她心想要先到伊佐露緹那邊，但也認為現在過去大街那邊看看也未嘗不可。

「咦？」

妮娜抱著這個想法，此時在視線角落隱約映照出曾在哪看過的紅髮女人。

「艾莉絲？」

為什麼她會在這裡？她這樣心想，以視線追著紅髮女人。

然後，她確實就在眼前。在高出兩公尺的大街上，蹦出了一顆紅色的頭。

雖然只看到背影，但是從舉止來看，妮娜很肯定。

那毫無疑問是艾莉絲。

「艾莉──」

儘管不知道為什麼她會在這種地方，但妮娜胸口湧起一股懷念，就在試圖叫住她時，卻突然一時語塞。

「來，露西，看得見嗎？」

「看得見！在閃閃發光！」

她突然讓站在身旁的少女坐到自己的肩上。

「艾莉絲，我正想讓她坐我肩膀的說。」

「不行，反正你肯定會對露西的大腿舔來舔去吧？就像昨天對我做的一樣！」

「真失禮！我才不可能對親女兒做那種事吧！」

「誰知道！」

「雖然我的確是喜歡到想對她舔來舔去啦……」

這段對話，是艾莉絲與站在身旁的男性所說的。

她對這個男性有印象。對妮娜而言，是將甚至造成自己陰影的魔王巴迪岡迪——一擊打倒的那名魔術師。

最近被視為「龍神的左右手」而受到注目，在各地都傳出目擊情報的那個男人。

魯迪烏斯．格雷拉特。

「……」

妮娜察覺到自己受到了打擊。

她知道艾莉絲去了魯迪烏斯身邊。知道她去了與龍神奧爾斯帝德戰鬥的魯迪烏斯身邊。雖然之後連一封信也沒寄來，她以為艾莉絲肯定已經死了，但也聽到了傳聞，說她與魯迪烏斯一起出現在阿斯拉王國。

後來，因為魯迪烏斯成為了「龍神的左右手」，所以她擅自認定艾莉絲也加入了龍神的麾下。

她肯定變強了吧。妮娜心想，她肯定比當時更強。

然而，剛才看到的艾莉絲，卻與妮娜的想像相去甚遠。

她一邊與男人開著玩笑，同時還互相笑了出來。坐在她肩膀上的應該是她女兒吧。

艾莉絲居然會結婚甚至還生了孩子，這種事妮娜連想都沒想過。

那個艾莉絲，那頭野獸，那個狂犬，居然會變成那種模樣。

她居然和丈夫感情要好地來參觀閱兵典禮，還打情罵俏什麼的……

「……去見伊佐露緹吧。」

妮娜這樣想著，便將艾莉絲從視線中移開。

明明成為了劍王，認為自己總算與艾莉絲並駕齊驅，卻對她感到一股強烈的挫敗感。

順帶一提，雖然從妮娜的位置看不見，但還是事先說明清楚，魯迪烏斯旁邊也確實地站著洛琪希與希露菲，札諾巴與茱麗兩個人也就在附近。

★ ★ ★

後來，妮娜來到了伊佐露緹的道場。

散發著汗臭，充滿嚴肅氛圍的道場，讓妮娜的心也放鬆了下來。

向伊佐露緹打過招呼之後，她便介紹妮娜給門生們認識。每個人都擁有著一股沒有男性經驗或是女性經驗的木訥氣場。

（果然，劍士就是要這樣才行……）

經過一連串道場的介紹之後，妮娜在伊佐露緹的帶領下到了她家打擾。

事前就已經說好，暫居在首都亞爾斯的這段期間要住在她家。

因為伊佐露緹住的房子裡面有一間空房。是從前水神列妲所住的房間，不過目前已經收拾乾淨。

比起列妲，伊佐露緹沒有男朋友這件事更讓妮娜感到安心。

她身為水帝、劍術指導，又是騎士。想必很受歡迎。

因為連那個艾莉絲都已經結婚生子，八面玲瓏的伊佐露緹就算有個對象也很正常。

一回到家。就算介紹她的丈夫與小孩給妮娜也不奇怪。

她原本已經做好這樣的預測，因此感到安心。

「妮娜小姐。其實今天在閱兵典禮結束後有一場小型集會。雖說妳長途跋涉或許已經累了，不過妳願意一起來參加嗎？我希望務必將劍王大人介紹給許多人認識。」

妮娜放好行李，正在喘口氣的時候，伊佐露緹如此提案。

「嗯，好啊。」

妮娜乾脆地答應。

雖然不清楚小型集會是什麼，但反正晚上也沒有其他預定。

至於觀光，從明天開始也行。

她是這麼想的。

然而不到一個小時，妮娜就對這個回答感到後悔。

當然，直到後悔為止的這段期間也發生了一段奇妙的經過。

一開始她認為「有點不對勁」的，是在伊佐露緹將她帶到靠近王城的巨大宅邸前面時。

明明說是小型聚會，但是，根本一點也不小啊。

接著她認為「自己被騙了」的，是被帶到看似很豪華的房間，從看似豪華的禮服中要求她選出一件，再由好幾名女僕半強迫她換上衣服的時候。

這絕對是貴族的派對之類。

然後是認為「要是沒來就好了」。為什麼要那麼乾脆地答應她呢？為什麼要傻傻地跟過來呢？為什麼要毫無抵抗地被換上衣服呢？

如果是平常的妮娜，肯定會在某個當下就抵抗，然後離開現場。

之所以沒這麼做，果然是因為和平常不太一樣吧。

身上穿著不習慣的禮服，腳上穿著很難行走的鞋子，步伐也踩不太穩，劍被收走，讓腰間感覺也很空。

妮娜在這樣的狀態下被伊佐露緹帶到派對會場，介紹給在場的眾人。

此時，妮娜稍微鬆了口氣。

因為她介紹的那群人，並非都是高貴人士。

儘管大部分都是貴族，但也有平民出身的騎士，或是從其他國家挖角的魔術師團年輕王牌，這些人對妮娜而言是處於比較熟悉的世界。

在這些人當中，或許也有人與妮娜相同是被騙來的，他們感到很不知所措。

知道不是只有自己這樣，人就會打從心底感到安心。

只要冷靜下來，妮娜也是劍王。

她好歹也會觀察對方，藉此判斷對方是否能勝過自己。

只要知道周圍的對手都是雜兵，內心也會感到游刃有餘。

妮娜感到內心綽有餘裕。

她腦中接下來閃過的念頭是「肚子餓了」。她想吃東西。仔細想想，從中午開始就什麼也沒吃。劍神流的劍士全都是大胃王。

除非是為了修行而把自己關在森林裡好幾天的時候，否則絕不會忘記進食。

這樣的她，被派對會場五花八門的料理給奪去目光也是情有可原。然後她絲毫不在意旁人的視線，大快朵頤之後，結果就是急著想要上廁所而中途離開會場，這也是沒辦法的事。

雖然照著女僕的指引抵達了廁所，但上完之後為了重新穿好衣服而手忙腳亂的時候，女僕也先行離開，儘管她好不容易把禮服穿好，卻在猶如迷宮的宅邸當中，搞不好清楚會場原本的位置而迷路，一切都是無可奈何。

（唉，步調都亂了……）

在昏暗的走廊心不在焉地走著的同時，妮娜在內心嘆了口氣。

自從來到阿斯拉王國後，就一直被現場的氣氛給牽著走，害她始終找不回原本的狀態。這種感覺就像是成為劍王之後，認為自己的水準在全世界都吃得開的想法，被徹徹底底地打個粉碎一樣。

「如果是以前，應該會更不經思考行動才對啊……」

是因為成為劍王之後，也有了徒弟的關係嗎？或者說，是因為認識了艾莉絲，受到她的個性影響的關係呢？與以前不同，她變得沒辦法在不考慮後果的狀況下行動。

儘管她認為以劍士來說，這樣反而變得更強，不過……

「對了，我忘記把艾莉絲那件事告訴伊佐露緹了。」

既然艾莉絲也來到城裡，自然會想三個人再一起練習。

想到這件事的瞬間，妮娜的腦海突然浮現了白天看到的景象，於是使勁地甩了甩頭打消了這個念頭。

（那已經不是我認識的艾莉絲了……）

不管怎麼樣都好，快點回會場吧。

然後找個適當的時機說差不多該走了，就趕快回去吧。雖說待在這裡感覺很不自在，但阿斯拉王國還有許多風景名勝。麻煩伊佐露緹帶自己去參觀……不對，如果她很忙，就自己一個人到處逛逛吧。

畢竟城裡就像是在舉辦祭典，肯定也會有令人開心的活動。

再不然，也可以去拜訪城裡的劍神流道場。

（好……嗯？）

當妮娜打定新的盤算之後，她的視野裡突然出現了透著亮光的房間。

房門不大，想必不是派對會場。

但是，裡面應該有人知道會場在哪。只要向他們問路就好。

安心了不少的妮娜靠近那扇門……

「——想必愛麗兒陛下應該也不希望那件事曝光吧？」

聽到明目張膽的威脅聲音，妮娜停下腳步。

（愛麗兒……陛下？）

在這個國家，會被這麼稱呼的人物只有一位，就算是鄉巴佬的妮娜也知道。

愛麗兒．阿涅摩伊．阿斯拉。

儘管有將近十年都被流放到拉諾亞王國，卻猶如彗星一般歸來，成功將王位納入手中，具有領袖魅力的女王。即使說這個首都亞爾斯的祭典盛況，全都是為了她一個人所帶動的也不為過。

「……那件事？是指哪件事呢？」

「難道您不記得了嗎？」

妮娜踮起腳步，並走進門扉。然後，從門縫中偷偷窺視房內。

（……！）

映入眼簾的，是一對男女。

坐在椅子上的金髮女性，以及站在她身旁的一位有著明亮褐髮的男子。

她對那名男性的長相有印象。

「想得到的事情實在太多了……」

「那是——」

魯迪烏斯．格雷拉特。

他臉上的笑容與白天面對艾莉絲時截然不同，他現在掛著判若兩人的猥瑣笑容，同時將臉貼近了愛麗兒的臉頰。

妮娜反射性地這麼認為。

（是在強求肉體關係！）

魯迪烏斯．格雷拉特這名人物，除了艾莉絲以外還有另外兩名妻子。

她也記得曾在哪聽過這個人是名好色之徒的傳聞。

另外，在愛麗兒成王的過程當中，他也在暗中竭盡了不少心力，這件事在旅途中也有所耳聞。

既然他成為了奧爾斯帝德的部下，想必是作為他的下屬支援愛麗兒的吧。

然後，他恐怕將當時的某件事作為把柄，打算藉此染指愛麗兒。

（砍了他吧。）

妮娜立刻做出這個判斷。

她不清楚愛麗兒被握有什麼樣的把柄才會受他威脅。也不知道魯迪烏斯究竟有多強。況且自己現在手上也沒有劍。

但是無關這些因素，妮娜決定要砍了眼前這個男人。

沒有什麼好煩惱的。

伊佐露緹是愛麗兒的屬下。

既然朋友的上司正遭到威脅，自然不需要對動手砍人感到猶豫。

基本上，如果是最近的妮娜會有「稍微等一下」的想法。

不過在這幾個小時當中，她也累積了不少壓力。

然而，在下一瞬間。妮娜的背後竄出一股驚人的殺氣。

「唔！」

她慌張地望向背後。

接著，便看到身穿有如鮮血般深紅禮服的惡鬼站在眼前。

「艾莉絲！」

完全不用疑惑她為什麼會在這裡。愛麗絲待在魯迪烏斯身邊，而魯迪烏斯人在這裡。那麼，就算她來到這棟宅邸也沒有什麼好奇怪。

「妮娜……？」

艾莉絲雖然一瞬間露出了疑惑的神色，但立刻又繃緊表情。

「妳剛才是在對誰散發出那種殺氣啊？」

糟糕，妮娜這樣心想。進入這種狀態的艾莉絲是無法阻止的。要是得和她交手，在房內的魯迪烏斯勢必也會察覺。二對一，雖說艾莉絲手上也沒有劍，但要是與魔術師包夾的話……

「咦？艾莉絲，妳回來啦？」

當妮娜這麼思考的時候，為時已晚。

身後的門打開，魯迪烏斯從裡面探出了頭。妮娜在這個瞬間已經領悟到自己贏不了。

但就算如此，依舊要像野獸那般向前撲去，這才是劍神流。

妮娜將力量灌進丹田與腳。

「好啦，魯迪烏斯先生，我們差不多該走了吧。各位貴賓還在等著呢。」

看到在魯迪烏斯身旁的愛麗兒擺出事不關己的表情，妮娜卸下了力量。

她既沒有露出求救的神色，也沒有擺出逼不得已的表情。

妮娜感到有哪裡不對勁。是在這幾個小時內體會過好幾次的感覺。

「……您沒有被威脅嗎？」

「……？」

愛麗兒看著沉下腰部的妮娜，然後歪了歪頭。

妮娜與愛麗兒從未見過。但是愛麗兒從妮娜的姿勢與表情、艾莉絲的表情，以及自己剛才的對話來思考，瞬間就領悟到發生了什麼事。

「不，只是我有事要拜託魯迪烏斯先生，卻遭到他婉拒而已。因為我無論如何也希望他能夠接受我的請求，所以稍微攻擊了魯迪烏斯先生的弱點，不料漂亮地吃了記回馬槍……妳應該是只聽到後半段，才會判斷我受到威脅，而試圖幫助我的對嗎？」

妮娜滿心驚訝，同時連連點頭。

愛麗兒輕輕地抓住她的手，然後協助她緩緩挺起身子。

「非常感謝妳。我們應該是初次見面吧。我是阿斯拉王國下任國王愛麗兒・阿涅摩伊・阿斯拉。」

「咦？啊？咦？」

與下任國王愛麗兒如此靠近，而且還讓她先報上姓名。

妮娜沒辦法理解現狀，慌張不已，情急之下望向艾莉絲。

她雖然依舊板著一張臉，不過在嘆了口氣後還是幫了妮娜一把。

「那傢伙是妮娜喔。」

「是艾莉絲小姐的熟人嗎？」

「沒錯，她是劍聖妮娜・法利昂。我們曾在劍之聖地一起修行。」

艾莉絲隨後又補上一句：「但我不知道她為什麼會在這裡。」

「我……我已經當上劍王了！和妳一樣！」

「……是嗎？恭喜。」

艾莉絲不以為意地這樣回應，妮娜也無言以對。明明只是糾正了對方的講法，但她現在的心情簡直就像是毫無意義地炫耀了自己身為劍王的事實。

「原來如此，妮娜小姐。今晚的派對是由我與魯迪烏斯先生共同主辦的。我想待會兒應該還有交談的機會，就請妳先好好地享受派對吧。」

「啊，是……是的……」
愛麗兒優雅一笑，然後便隨著魯迪烏斯一起往走廊另一端走去。
妮娜目送他們離開之後，唉的一聲嘆了口氣。
今天真的盡是發生一堆會打亂步調的事情。
「所以，妳為什麼會在這裡？」
然後，留在身後的艾莉絲向她搭話，於是她緩緩轉過身子。
深紅的禮服，與盤起來的紅髮十分相稱。
項鍊以及耳環這類飾品看得出也是精心挑選，簡直就像是真正的貴族千金。
「……艾莉絲……那身禮服很適合妳呢。」
「哼哼，當然！因為這可是魯迪烏斯幫我選的！」
驕傲地挺起胸膛的艾莉絲，無法想像與剛才的野獸是同一個人。
但是，妮娜這樣心想。
（艾莉絲沒什麼變呢。）
然而，這就是轉念的契機。
「那個……艾莉絲妳聽我說。伊佐露緹她啊……」
妮娜一邊嘆了口氣，同時開始向艾莉絲發起了牢騷。

★
★
★

到頭來，妮娜還是不太清楚那場派對的目的。

她後來與艾莉絲一同回到會場，然後魯迪烏斯也過來——

「龍神奧爾斯帝德站在您這邊！只要現在簽約，甚至還會送洗衣精。沒問題的。完全不需要支付任何契約金，只需要做好準備儲備實力，在拉普拉斯於八十年後發動戰爭時，願意助龍神奧爾斯帝德一臂之力即可。只需要這麼做，將來一百年龍神有限股份公司就是您的伙伴！不論是在自稱為神明的可疑男子提出神諭，還是妻子被當為人質的時候，龍神奧爾斯帝德不論在任何時候都會幫助您。請務必惠賜您神聖的一票！」

像這樣，說著令人摸不著頭緒的話，妮娜也只能點頭。

魯迪烏斯似乎在召集同伴。

既然剛才那件事是誤會，將力量借給身為艾莉絲丈夫的他自然是在所不惜。

只不過，妮娜依舊不是很清楚到底該在哪，該怎麼樣助他一臂之力。

因為八十年後會爆發戰爭，希望到時能助奧爾斯帝德一臂之力，希望為了面對那個時候事先儲備力量，雖然說是這麼說，但妮娜實在沒有頭緒。

和妮娜同樣，當時在場的成員看起來也感到相當困惑。

但是，到最後每個人都點頭同意。

既然是愛麗兒的請求，想必在場的不會有人敢說不吧。

派對結束之後。

在艾莉絲的勸說下，妮娜決定在作為派對會場的這棟宅邸住一晚。

伊佐露緹也跟她一起。據說這棟宅邸是愛麗兒賞賜給魯迪烏斯的名下財產，可以供他自由使用。艾莉絲引以為傲地這樣說道。

當天晚上，三個人久違地談天說地。

一如往常，老是說著魯迪烏斯的艾莉絲，嘟囔著自己也差不多該找個對象的伊佐露緹。與她們兩人面對面聊天，似乎讓自己想起了從前，總覺得相當懷念。

儘管話題的內容與以前相較之下稍稍有些不同，但不變的是依舊令人感到開心。

甚至讓妮娜認為即使只有這段時光，也足以讓她覺得幸好有來一趟首都亞爾斯。

然後到了隔天，奇妙的嫉妒心與敗北感變得稀薄，妮娜恢復了原本的自我。

在愛麗兒的加冕儀式平安落幕為止的這段期間，妮娜充分地觀光了首都亞爾斯。

觀光名勝、車水馬龍之處、道場。她去了所有打算去的場所。

不是一個人，儘管伊佐露緹會因為工作的關係沒辦法經常奉陪，但艾莉絲卻不知道為什麼一直跟著。

起初妮娜感到很不解。因為艾莉絲每次開口就總是在講魯迪烏斯。所以她也經常會想，那艾莉絲乾脆待在魯迪烏斯的身邊不就得了。

但是，多虧了她們相處過一段很長的時間，妮娜也明白了艾莉絲的用意。

看樣子，艾莉絲是希望妮娜接受魯迪烏斯的勸說。

儘管口才不好的她說起話來不得要領，但她真誠又拚命的話語，打動了妮娜的心。

她原本對魯迪烏斯說的事情不是很懂，打算先放著不管，但卻因為艾莉絲讓她變得想稍微思考一下。

加冕儀式結束後，妮娜回到了劍之聖地。

她在回程時想過了。

同意要在八十年後的戰爭，加入奧爾斯帝德陣營的自己。一臉幸福的艾莉絲，開朗的艾莉絲，充滿精神的艾莉絲，以及在她身旁的魯迪烏斯。

她一邊思考著他們的事情，同時騎著馬踏上歸途。

她沒有釐出結論。

但是，她看到在劍之聖地迎接自己的人物，頓時豁然開朗。

出來迎接的是自己的表弟。像是追逐著自己似的成為了劍聖，而且即將就要成為劍王的青年吉諾・布里茲。看到他後，妮娜將自己腦中浮現的話原封不動地說了出口。

她沒有猶豫。

畢竟當機立斷正是劍神流的座右銘。

「噯，吉諾。我們也結婚吧？」

後來，劍之聖地誕生了一對夫妻，然而這又是另外一段故事了。

閒話「成人式」

來聊聊妹妹吧。

諾倫正以學生會長的身分努力學習。

最近大部分學生都有了「說到學生會長，就是諾倫・格雷拉特」這樣的認知。不過，與不知道愛麗兒擔任學生會長那個時代的學生比率增加想必也有關係。

諾倫是很受歡迎的學生會長。

在一般學生當中，也有許多人會親密地稱呼她「小諾倫」。

儘管諾倫本人不太喜歡，但那種感覺就像是暱稱吧。愛麗兒是值得信賴的學生會長，而諾倫則是平易近人的學生會長。

只不過，由於受到粉絲同好會的影響，她目前依舊與男女戀愛無緣。

與她的立場算是學校的吉祥物這點似乎也有關。

當然，不只是在學生會，她在念書方面也很努力。前陣子，似乎在劍術訓練當中得到了劍神流中級的認可。儘管與我周圍的人相較之下是稍微晚了些，但一般來說就是這樣吧。

魔術方面也很努力，好像還修了其他各式各樣的課程。雖說我不太清楚詳細情況，不過偶爾到學校露臉時，會聽到「不管在哪都能看見諾倫會長」這樣的說法。

雖然很難拿到第一名，但她或許是因為這樣才選擇涉足各種不同的領域。

愛夏最近很愛黏著亞爾斯。

儘管有一部分是因為艾莉絲把不擅長照顧小孩的一面發揮得淋漓盡致，但男生的嬰兒似乎很討人喜愛，隨時隨地都在寵他。

似乎是愛夏中意的寶貝。

雖然不清楚亞爾斯有哪點好，但她最近總是把「亞爾斯好可愛喔」這句話像口頭禪一樣掛在嘴邊。

當然，這樣是沒問題。只不過也有一些令人擔心的地方。該說是她寵過頭了嗎……

前陣子她看到亞爾斯因為肚子餓而大哭，甚至打算秀出自己的胸部讓他吸。

儘管愛夏供稱是以為讓他吸就不會哭了……

實際上亞爾斯被胸部包圍後也一臉幸福地笑了出來，所以愛夏會做出這樣的行為也不是無法理解。

不過，稍微有點擔心。

一想到她能露出胸部的對象，只有嬰兒這一點。

算了，擔心的部分也頂多是這樣。

關於傭兵團方面，她目前經營得非常好。

對於宣稱要將傭兵團作為奧爾斯帝德股份有限公司的諜報組織，拓展為世界級規模的我，她沒有特別詢問方法，就幫我準備好在別的土地建立分部所需要的人才、建築物及交涉方案。

她也將莉妮亞與普露塞娜控制得很得心應手。

基本上，愛夏本身似乎不擅長對待別人。

尤其是對於能力很低，不斷地犯下相同錯誤的那種部下，好像會很嚴厲地訓斥他們。

當然，那種部下會由莉妮亞以及普露塞娜善加利用。

適材適所。

愛夏是整個組織的智囊。而且還是最棒的。

好啦，關於剛才提到的諾倫以及愛夏，也馬上就要十五歲了。

雖然我想已經沒有必要說明，不過這個世界每過五年的生日就會被視為一個新的階段，盛大地慶祝一番。

尤其是十五歲會被視為成人，貴族之類的也經常會舉辦大規模的派對。

也就是成人式。

對於這個世界的人族來說，堪稱是最重要的日子。

然後，我想這點也沒有說明的必要，總之我打算幫她們兩人慶祝。

而且還要盛大慶祝一番。要狠狠地向奧爾斯帝德要一大筆錢，闊氣地租下一棟超大的建築物，把我的熟人偉人之類的全部叫來，讓他們一個接一個獻上貢品，把她們當作全世界最棒的公主殿下對待。

我幹勁十足地找洛琪希商量了這件事後——

「姑且不論愛夏，我認為諾倫應該會喜歡比較低調一點……最好還是別這麼做吧？」

被這樣警告了。

畢竟不是貴族，自己家裡面慶祝就足夠了吧。

後來洛琪希說：「因為魯迪十五歲生日沒有人幫你慶祝，所以才會這麼有幹勁吧。」然後摸了摸我的頭。

以我個人來說，自己的十五歲生日根本無關緊要……算了，既然洛琪希難得願意摸我的頭，就撒嬌一下吧。呼喵呼喵——

不管怎麼樣，任何事都得注意分寸。多虧洛琪希我才能想通。

「總之，先和那兩個人以外的家人說一聲，想一下慶祝的方式吧。」

如此這般，決定舉辦一場除了諾倫與愛夏以外的家族會議。

★★★

半夜，會議在地下室舉行。

除了愛夏與諾倫以外的所有家族成員圍著一根蠟燭，在昏暗的空間中面面相覷。

「歡迎來到黑暗的——」

「那個，魯迪，如果能再亮一點會比較好寫字……」

負責記錄的洛琪希打斷了我的開場白提出抱怨。

真希望她重視一下氣氛。

「可是要是太亮的話，或許會被愛夏發現啊。」

「說起來，為什麼要躲躲藏藏的呢？」

「妳問為什麼……」

難道這種事不該先瞞著她們嗎？

比方說，就像是準備情人節禮物時不能讓男孩子知道一樣。

「要瞞著她們準備也很費事，若是沒有特別理由，我個人是希望能告訴她們會舉辦慶生會。」

此時，莉莉雅這樣說道。

以負責準備的人來說，似乎不要祕密進行比較方便。

也對，說得也是。與其鬼鬼祟祟地準備，不如光明正大準備還比較輕鬆。

「嗯。」

不過，也對。其實也不用特別隱瞞。仔細想想，我在五歲與十歲的時候，辦的都是驚喜派對。因此才會有生日派對就是得瞞著當事人的這種先入為主的觀念。

既然有上一次的經驗，想必諾倫與愛夏都已經意識到家人會幫自己慶祝了吧。

那麼，自然沒有不能說的理由。

「那麼，就以向兩個人公開的方向來辦吧。」

盛大地辦一場吧。

這樣一來，在買禮物時也不用特別小心翼翼。

愛夏與商店街的店家感情都很不錯。

要是太過鬼鬼祟祟，搞不好店家會主動說「前陣子愛夏的哥哥有來，買了件很可愛的內褲喔」之類。

當然，我沒打算買內褲。

只是打個比方。

絕對不是因為前幾天我買了打算讓希露菲穿上的內褲，結果被愛夏笑嘻嘻地調侃了一番才這麼說的。

「不過，要送的禮物還是保密比較好吧。」

聽到艾莉絲這句話，所有人連連點頭同意。

「雖說是祕密，但為了不要選到重複的，還是先決定一下各自要送什麼東西比較好呢。」

希露菲也這樣附和。

她說的話非常正確。

當天，交友廣泛的兩人想必會從各處收到各式各樣的禮物吧。諾倫會收到學生會與親衛隊送的，愛夏會收到傭兵團與商店街的人送的。雖說與那些人重複到也是無可奈何，但至少在家人之間希望能避免送出相同的禮物。

「那麼，每個人就趁現在說一下打算送什麼吧。」

如此這般，這次集會的議題變成要討論禮物的內容。

話雖如此，所有人似乎事先就已經大致想好要送什麼禮物。

莉莉雅要送諾倫手帕，送愛夏圍裙。

希露菲要送諾倫書，送愛夏羽毛筆。

洛琪希要送諾倫訂做的鎧甲，送愛夏園藝用的鏟子（魔道具）。

艾莉絲要送諾倫劍帶，送愛夏腰帶。

大家似乎都已經思考了很久。

當然，我也不可能沒有想過。

我打算送諾倫保羅的人偶，從幾天前就已經開始著手製作。

畢竟諾倫很喜歡保羅，肯定最想讓保羅知道自己成年了吧。

雖說她可能會擺出相當難以言喻的表情……算了，到時再說吧。

只不過關於愛夏，我還有點猶豫。

我不知道她想要什麼。愛夏喜歡的東西是可愛的類型。

從她驚人的才能，完全無法想像到她有滿滿的少女興趣，喜歡有著輕飄飄荷葉邊的可愛衣服，或是閃閃發亮的裝飾品。

雖然也是可以送她那類東西……但畢竟她最近也有收到在傭兵團擔任顧問的薪水，想要的東西好像大致上都已經有了。

「我想稍微參考一下，可以告訴我各位成年時都收到了什麼東西嗎？」

我姑且詢問了女性陣營。

調查是很重要的。

「雖然是相當久以前的事了，不過我從父母那收到了髮飾。說要我稍微像個女性一點。」

說這句話的是莉莉雅。
我不清楚十五歲時的莉莉雅是什麼樣子，但聽說個性很大剌剌。畢竟是道場的女兒嘛。
「我現在不知道自己的生日是什麼時候，所以什麼都……啊，不過愛麗兒大人她們有送我各種東西，像是衣服或是鞋子之類……」
希露菲收到的好像是服飾相關。想必是因為她平常都不戴飾品，打扮很男孩子氣，希望她至少在私底下可以打扮一下才送的吧。
「我並沒有收到什麼。因為米格路德族並沒有那樣的習俗。」
洛琪希的狀況是這樣啊。
姑且在結婚時有送來帽子作為賀禮，其實舉這個當例子就好了。
「我的話就是被瑞傑路德認可為戰士……還有魯迪烏斯送了我，那個……就那個啦！」
艾莉絲是那個啊。
講出來有點不好意思，不過就是我和艾莉絲第一次的那個。就是交換制服。
話說起來，愛夏對我相當有好感。搞不好我收下那個會讓她非常開心？不對，我不可能對愛夏做出和那個相同的行為。
不過，如果送她沒有走到那一步，但是氣氛還不錯的禮物呢？
在看得見大海的餐廳，說要為了妳的眼睛乾杯，津津有味地享用主廚的創意料理，演出一生一次一晚限定的灰姑娘之夜……

連自己講起來都有點難為情。

「唔——沒辦法決定要送愛夏什麼。」

「愛夏只要收到魯迪送的東西，應該不管是什麼都會很開心吧。」

希露菲嘻嘻笑了一聲這樣說道。

或許是這樣沒錯，但就是因為這樣才難選。

所以我才會想送她收到之後會超級開心的禮物。

……索性就送個超貴的東西也不錯吧？

像是十萬克拉的鑽石之類。只要問奧爾斯帝德，他應該會告訴我哪裡有吧。

就算是在貝西摩斯的肚子裡面，我也會毫不猶豫地去取。

「不然，魯迪就把你目前收到的禮物當中最喜歡的東西送她如何？」

聽到洛琪希的提案，我豁然開朗。

您說得是！

「原來如此……我試看看。」

得出一個答案的我重重點頭。

禮物決定好了。

★★★

之後我們再三地進行討論，一步一腳印地進行準備。

事先告訴諾倫與愛夏因為當天要辦慶生會，所以要把時間空下來。

兩個人對要辦慶生會感到很開心。

原本還以為諾倫會說「不需要這麼做！」，結果她卻坦率地低著頭說「謝謝大家」。真難得諾倫的態度會這麼老實……雖然我湧起這種想法，但仔細想想，諾倫只有在學校的時候會對我態度帶刺。

因為她在學校也有自己的立場，想來這也是無可奈何。

愛夏則是更加單純地說「我很期待喔！」，表現出很雀躍的樣子。

我原本是這麼以為，但並沒有。

她反而是一臉驚訝地說「是嗎？我也已經是大人了啊」，就像是現在才注意到似的喃喃說了一句。

因為她很聰明，想必是對此有自己的想法吧。

既然如此，我要在慶生會的途中以大人的身分做些訓示嗎……

不，還是別這麼做吧。

我可沒有成熟到能夠自信滿滿地說自己是個大人。

就算到時說了什麼裝模作樣的話，將來也很有可能會形成丟臉的結果。

不管怎麼樣，既然向兩人知會了一聲，接下來只要等那天到來就好。

★ ★ ★

宴會當天。

諾倫一如往常地去了學校。

「我會盡量早點回來。」

從這句話來推敲，可以知道她似乎相當期待。

愛夏也從一大早就出門去傭兵團的事務所……不過她在中午前就回來了。

好像是提早結束了工作。原本以為團員會送她一些禮物帶回來，結果她是空手而回。

「沒有收到什麼東西嗎？」

「嗯——雖然我有說今天生日，但或許是因為他們是獸族吧，大家看起來都不是很了解這個習俗。」

話雖如此，她似乎也從許多地方收到了祝賀，看起來心情非常好。

不過，難道商店街的人也沒有送她任何東西嗎？

算了，雖說是客人但終究也只是外人……

基本上，祝賀的方法也並不是侷限在送禮。

重要的是心意。想要祝福別人的心情才是重要的。

「嗳，哥哥。我可以看一下準備的狀況嗎？」

「嗯，當然。」

愛夏就這樣在餐廳找了個位子，心不在焉地看著在布置會場的我們。

看著莉莉雅與希露菲在廚房與餐廳之間來來去去。

看著去市場的艾莉絲與洛琪希扛著堆積如山的食材回來。

看著我一邊幫忙，同時也幫會場布置。

她只是不發一語，目不轉睛地看著。

雖然有人看著自己做事會有些彆扭，但畢竟今天的主角是她，更何況我也同意了，不太好意思要她出去一下等傍晚再回來。

不過她真的只是看著而已。

愛夏沒有特別插嘴，只是面無表情地看著我們工作的樣子。

途中，塞妮絲在她的旁邊坐下，摸著愛夏的頭，但也沒有特別說什麼，只是一直盯著。

途中，就算雷歐將頭靠在愛夏的膝上，愛夏也沒有特別把牠當一回事，只是一直盯著。

途中，因為亞爾斯哭了而離開座位，但馬上又回來了，只是一直盯著。

途中，即使露西對她說「愛夏姊姊，如果沒事就陪我玩吧？」，她卻只是微笑回答：「嗯～對不起，其實我有點忙」，只是一直盯著。

她什麼都沒做，只是一直盯著。
我不懂她在想什麼。
或許是在思考著有關成年後的各種事情吧。又或者是單純認為「動作真慢呢～」之類。
我無從得知。

就在準備的過程當中，時間已經到了傍晚。
在愛夏的守望之下，準備進行得很順利，然後結束。
布置過後的餐廳。
在房間角落，經過包裝要交給她們倆的禮物堆成了一座小山。
在餐桌上，擺放著即使涼掉也沒關係的料理。主菜是等諾倫回來之後才會開始動手準備。
再來只要等諾倫回來而已。
好像比預定的還要晚了一些。要是太晚的話我就去接她吧。
當我做了這個打算，諾倫便照早上所宣言的一樣提早到家了。
「我回來了。」
諾倫抱著以雙手也無法徹底環抱的行李。
左手拿著很大的一捆花束。右手抱著木箱，裡面塞滿了布料、花俏的髮飾，以及不知道用途，形狀很不可思議的擺飾物之類的東西。

「對不起，我回來晚了。因為回來的路上收到了好多東西……原本打算放在宿舍就好，可是沒辦法全部塞在衣櫃。我想說這些就放在家裡，結果走到一半時袋子就破了……」

她在學校好像被各式各樣的人搭話，收到了許多禮物。

這代表在學校就是有這麼多人想幫諾倫慶祝成年。

該說真不愧是平易近人的學生會長嗎？

如果沒有收到奇怪的東西就好。像是放有頭髮的餅乾之類……

總而言之，將諾倫接進家裡後，慶生會也要正式開始了。

★★★

慶生會的流程，與幾年前幫兩個人辦生日派對時相同。

首先由我進行開場致詞。

訓詞的內容雖說成為十五歲後也不至於有什麼改變，但是在社會上將會被視為大人看待。

原本不想做這種訓詞，但還是做了。

不小心嘴滑就講出了裝模作樣的內容。

不過以我為開頭，家裡的大人也一個個闡述了「成年之後的心境」。

雖說今後不論做什麼事都不需要得到家裡的許可，但必須負起責任，希露菲說道。

不可以忘記學習，洛琪希說道。

要定好某個目標，艾莉絲說道。

莉莉雅或許是因為格外感動，講起了保羅與塞妮絲年輕時的往事，還有她們兩人出生那天的事情，在快要落淚時被塞妮絲摸了摸頭。

然後，就是贈送禮物。

看到我們所準備的禮物，諾倫綻放出有如花開那般的笑容。

她似乎特別中意洛琪希委託認識的工匠所作的鎧甲。

好像是洛琪希為了這天特別訂做的，設計與現在擺在塞妮絲房間的那套保羅的鎧甲十分類似。

尺寸調整成符合諾倫的體型，也為了適合女性裝備做了一些加工。

與艾莉絲送的劍帶搭在一起，再把保羅的愛劍掛在腰間，可以說是人要衣裝佛要金裝，看起來就像是名稱職的劍士。

這兩個人或許都記得以前諾倫曾說過「想成為冒險者」。

我製作的保羅胸像，一開始讓她感到非常傻眼。

雖然是我的自信之作，但畢竟是將近三十公分的石像，也是不難了解她的心情。雖然在製作途中沒有意識到，但以現代日本人的感覺來看，或許會被分類在「收到會很困擾的東西」。

但是，這個世界並沒有照片那類的東西。

諾倫或許是因為看著石像慢慢憶起了保羅，後來她收下時眼角噙著淚水說：「我會好好珍惜的。」

於是，諾倫在收完禮物之後這樣說道：

「那個，謝謝大家。我今後會抱著身為大人的自覺，繼續努力下去。在往後的日子裡，也請你們繼續支持我。」

感覺她胸口充滿了感激之情，堂堂正正地說出了如此出色的話。

聽到這句話，莉莉雅又再次哭得泣不成聲。

諾倫真的變得非常出色了啊……

好啦，雖然諾倫非常開心，但愛夏那邊如何？

雖說愛夏看起來也很開心，但是我望向她後，總覺得有哪裡不對勁。

當然，她沒有露骨地板起一張臉，也沒有露出厭惡的表情。

每當拿到一項禮物，就會「唔哇~好棒！好可愛！謝謝！」這樣道謝，或是「我剛好想要這個！」這樣開心地說道。

愛夏表面上看起來一如往常，似乎很享受這次的慶生會。

但是，該怎麼說呢。

果然只能以不對勁來形容吧。

映在我眼裡的愛夏，看起來總覺得有點冷淡。不管笑容還是笑聲都像是裝出來的，看起來甚至像是演技。之所以會這麼想，或許是因為我看到了她白天的狀況。

我送給愛夏的，是一條項鍊。

米格路德族的項鍊……已經送給瑞傑路德，所以是那個的複製品。

因為是手工製作所以並非昂貴的物品，也不是正牌貨。

「愛夏，這個是給予我成長契機的東西。或許對妳來說沒有任何意義，但是我想送給妳這個，作為妳成年的證明。」

我自己很清楚這不過是在自我滿足的範疇。

但是不知道為什麼，比起諾倫，我更想把這個送給愛夏。

我也不明白理由。

只不過，聽到我收到後覺得最開心的東西，腦中最先浮現的就是這個。

「……謝謝。」

愛夏臉上沒有表現出開心的神色。

反而是擺出了不知道該如何反應的表情。然後，就像是在深思著什麼似的，目不轉睛地盯著項鍊。

★ ★ ★

後來，眾人一邊吃著主菜與蛋糕一邊享受著慶生會。

也有驚喜橋段。

太陽完全西下之後，有學校的學生來訪，留下給諾倫的禮物後就匆匆離開。

似乎是在學校得知今天是諾倫十五歲的生日，才慌慌張張買來的。

像這樣的人來了不少個。

一看到我出來迎接，有好幾個人瞬間一臉鐵青，但我果斷地擺出了魯迪烏斯微笑收拾了場面。笑容果然是人類的共通語言。

……對不起我說謊了。

看到我露出笑容的瞬間，那群人鐵青的臉色瞬間僵住，還試圖逃離現場。

後來是希露菲將他們攔下來，將禮物順利送到諾倫手上，才收拾了這個局面……那些傢伙真是失禮呢。氣噗噗。

或許是因為出現了好幾個這種人，不知不覺間送給諾倫的禮物已經堆得像山一樣高。

相對的，愛夏的禮物只有我們家人送的而已。

儘管愛夏臉上依舊掛著笑容，但或許是因為她的笑容看起來像是裝的，我總覺得她感覺有些受傷。

除了我以外，難道就沒人注意到愛夏是在假笑嗎？

該不會只是我想太多，愛夏本人其實根本不在意嗎？

是不是該找希露菲商量一下比較好呢？

當我這麼猶豫不決時，突然間，玄關外面傳來了一陣騷動。

感覺得到許多人的氣息，以及雷歐汪汪叫的聲音。

「有東西來了呢……」

艾莉絲一臉嚴肅地拿起擺在房間角落的劍。

會不會是奧爾斯帝德來了？不對，就算這樣人的氣息也太多了。奧爾斯帝德應該不會帶著一大群人出現。

我一邊想著這些事一邊前往玄關。

當我走出門外，一群看起來素行不良的傢伙蜂擁而上。

他們是一群體格魁梧、毛髮濃密、犬齒很長的傢伙。所有人身上都穿著粗獷的黑色大衣。

這群人散發出一股壓力。

但是，他們的打扮相當骯髒。

甚至有人受傷，也有人的大衣破破爛爛。

站在他們前頭的，是這個鎮上最凶惡的二人組。

那兩個人一邊甩著雜亂無章的頭髮一邊爭吵不休。

「是莉妮亞不好的說。因為昨天的工作在最後犯錯，所以才會太晚出發的說。」

「是……是把那個扔過來的普露塞娜的錯喵。」

「馬上就怪別人的說。全都是莉妮亞的錯的說。」
「明明應該要追著獵物的味道，卻在途中被野營中的冒險者烤的肉給吸引的傢伙還真敢說喵。都是因為那樣才會害我們花更多時間解決獵物的喵。」
「唔！這……這要怪在那種地方野營的人不好的說。」
是莉妮亞與普露塞娜。
兩個人一如往常地讓場面看起來很火爆。不過，這只是在鬧著玩。
或許是因為周圍的成員也都習以為常，他們始終把手放在身後站著不動。
「啊，老大。」
「唔，全體，敬禮喵！」
看見我身影的莉妮亞一聲令下，所有人立刻一齊低頭敬禮。
就在那一瞬間，在他們身後的東西進入我的視野。
是放在木板上的三個塊狀物。
「老大！這是給顧問的成年賀禮喵！」
「我們從昨天就去了森林一趟，大家一起抓回來的說！」
那是巨大的魔物。
魔物外型類似山豬，是棲息在這一帶的森林的傢伙。
從昨天就去了……

「……你們今天沒待在事務所嗎？」

「不要緊喵。有留下最低限度的人員喵。」

「就是這樣的說。我們事前就安排好今天幾乎不會有工作的說。」

也就是說，愛夏之所以會提早回來，是因為事務所沒有任何人在嗎？她興高采烈地準備去接受祝賀，結果連一個人也不在。也沒有工作。想說等一下就會有人來，過了中午後卻依舊沒人出現。

那愛夏當然也會感到失落。

「啊，是顧問喵！」

「大家，是顧問的說！」

我回頭望去，愛夏就站在眼前。

她看到擺在眼前的巨大山豬，露出了啞口無言的表情。

「這是，什麼……」

「顧問！祝妳生日快樂的說！」

以普露塞娜的這句話為開端，團員們也再次一齊低頭致意。

生日快樂，生日快樂，現在不斷響著會帶給鄰居麻煩的巨大聲響。

眼前的光景簡直就猶如流氓的聚會。然而他們低頭鞠躬的對象，是一名少女。

「…………啊哈。」

愛夏笑了。

就像是看到眼前這幕景象，終於忍不住了似的笑了。

「我怎麼可能，吃得了那麼多啦……啊哈，啊哈哈哈。」

自己這樣說完後，或許是剛好戳到笑點，愛夏大聲地笑了出來。

團員們雖然被笑了，但是他們想必感受到了愛夏的喜悅。

每個人的表情都鬆了一口氣，掛上了爽朗的笑容。

今天雖然一直看到諾倫非常受歡迎的一面，但是愛夏也確實被自己的團體成員們所接受。

「那個，哥哥，機會難得，可以用我們家的院子，讓大家一起吃嗎？」

聽到這樣的提案，我不經意地望向團員的方向，發現已經有好幾個人正搖起了尾巴。

雖然不清楚獸族的規矩，一般來說不會只是送出獵物，而是自己也參加祭典一同享用吧。

八成是肚子餓了，甚至有人開始流出口水，肚子咕嚕咕嚕叫的。

「嗯，當然好。」

聽到我這句話，愛夏露出了燦爛的笑容。

★　★　★

後來，我們將為了諾倫而來的學生也拉了過來，在庭院辦起了宴會。

獸族帶來的山豬被整隻串起來烤，在商店街受愛夏關照的大叔也帶來了酒送給大家。畢竟打擾到了鄰居，也與嚴謹的成人式相去甚遠，所以讓諾倫也嘆了口氣。

不過，諾倫沒有擺出不滿的表情，也沒有說出潑冷水的話。

或許是因為愛夏看起來打從心底開心吧。

宴會持續了好一陣子，在傭兵團的成員吃飽喝足之後便散會了。

人群三五成群地離席的時候，愛夏喃喃說了這麼一句話：

「大人真是讓人搞不懂呢。」

相對於說要抱著自覺活下去的諾倫，愛夏這句話聽起來顯得很孩子氣。

不過，就是這樣吧。愛夏有愛夏的，諾倫則有諾倫的大人形象。

有多少人，就有多少大人與小孩。只要每個人都能接近自己的理想就行了。

「就是啊。真是搞不懂啊。」

我給了這樣的回答。

我認為，沒有必要勉強愛夏裝成大人。

於是，愛夏與諾倫十五歲了。

第五話「成果與今後」

在做著這些事的期間，已經過了一年。

時間飛快流逝。

今天是畢業典禮。拉諾亞魔法大學的畢業典禮。

我的畢業典禮。

以往總是從學生會那一側眺望的行列。

我在那裡，身穿最近鮮少穿在身上的制服，作為一名畢業生站在隊伍之中。

札諾巴與克里夫的畢業典禮，彷彿就像是昨天才發生的事。

在被沒什麼印象的同學環繞之下，聽著校長訓話。校長所說的話與以前聽過幾次的內容完全一模一樣。恐怕每次都是在唸同樣的原稿吧。

像這種時候在校生沒有出席，實在是非常輕鬆。

然而，卻沒有很深的感慨。

有一部分是因為我已經不怎麼來學校。也幾乎沒有到學校上課，到了最後甚至連班會也沒有出席。感覺就像是掛名在這裡而已。就算如此，當我提出了關於無詠唱魔術的研究考察，以及相關教育方法的報告之後，依舊拿到了C級的魔術師公會會員證……

這樣一來，要覺得感慨萬分反而很困難吧。

不過，卻有許多回憶。

與希露菲重逢、和札諾巴與克里夫結為好友、有事沒事就對莉妮亞與普露塞娜性騷擾、與七星一起暢談在日本的往事、和巴迪岡迪把酒言歡……

就要與這樣的地方告別了。

一想到這點，就不由得快要流下眼淚。

啊，這就是所謂的感慨嗎？

原來如此，實在是感觸良多。

★　★　★

好啦。在這一年，我已經完成了阿斯拉方面的準備工作。我留在阿斯拉王國幾個月，建立好傭兵團的分部，札諾巴商行的分店以及用來製作商品的工廠。

每件事都要歸功愛麗兒在背後鼎力相助。

愛麗兒很乾脆地就成為了同伴。

我慎重地拜託她協助奧爾斯帝德，然後得到了「我原本就是如此打算」這句振奮人心的回答。愛麗兒更進一步召集自己派閥的人馬，為我舉辦了一場宴會。名義上與其說是為我舉辦，不如說是設下了一個與自己的後盾，七大列強「龍神」建立關係的機會。

由於是她底下的派閥，基本上都是與愛麗兒息息相關的人物。

簡而言之，就是愛麗兒的後盾，會在十年後、二十年後擔任要職的人物。

絕大多數都對愛麗兒唯命是從。

但是，其中也有風格較為不同的人物。

像是水帝伊佐露緹，以及雖然不知道是在什麼樣的機緣下出現在會場的劍王妮娜……

不管怎麼樣，要是水神流與劍神流的人才願意協助奧爾斯帝德，確實是很令人開心。

我像這樣告訴艾莉絲後，她說妮娜就交給她來說服後就衝了出去，不知道後來到底怎麼樣了。雖然她們三人似乎到處遊玩了好一陣子，但我沒有問結果。

雖然沒有特別期待，但要是妮娜這號人物會因為艾莉絲而願意信任我，自然就再好不過。

老實說，八十年後拉普拉斯會復活的這件事，大多數的人都沒有理解。

所以我邀請時用的台詞也稍微有點敷衍。

但是愛麗兒手上握有他們的生殺大權。

不要緊。她在吸引人的這層意義上是非比尋常地優秀。

是值得信賴的阿斯拉分部長。

我向那個愛麗兒報告說「艾莉絲生了男孩。這樣就是第三個小孩了」之後，她為此感到喜出望外。

然後，以略帶惡作劇的表情這樣說道：

「對了。不如讓你其中一個小孩與阿斯拉王家的小孩訂個婚如何？這樣一來，想必我們之間的關係也會變得堅若磐石……」

我想她是認真這麼說的。

雖說我反射性地湧起「別開玩笑了」的念頭，強烈地反對這件事，不過生下許多小孩，和有關聯的掌權者聯姻似乎也是一種手段。

姑且不論愛麗兒，其他成員對於無法親眼看到本人的奧爾斯帝德以及來歷不明的我當後盾，想必也會覺得有些害怕。

但是要是我的血親與愛麗兒的親戚訂婚，自然能暫時放心。

畢竟骨肉私情，血濃於水。

不過我個人並不打算以這種方式利用小孩。

哎呀，要是小孩真心說出想和王子結婚，或是想成為公主之類的話，我當然也會考慮。

不管怎麼樣，阿斯拉方面就算說已經完全在掌握之中也不為過。

以愛麗兒為首，她底下的貴族，再加上水神流一派。運氣好的話還能算上劍之聖地的成員。

然後，瑞傑路德人偶＋繪本製造工廠與販賣部經營起來也是一帆風順。只要再配合傭兵團

（運輸隊），就能讓瑞傑路德人偶推廣到中央大陸的大半區域。

很完美。

可以的話，要是瑞傑路德盡早發現這個，並與我們取得聯絡就好了。

接下來就是打通王龍王國的市場，目前為了取得關係，正利用死神藍道夫的門路在做準備。由於這邊沒有愛麗兒這種驚奇的存在，想必靠一般手段是行不通的。

估計起碼也要花個兩到三年，甚至是更久的時間。

阿斯拉王國這邊就像是新手教學吧。

接下來才是重頭戲。

也來說說研究的成果吧。

首先是札諾巴。他在這一年忙著開設店鋪以及指揮經營方針之類，根本沒辦法從事研究。不過這也無可奈何。因為他僅花一年的時間，就同時在夏利亞與阿斯拉順利開店。

想必已經是忙得不可開交。

不過，多虧有金潔、傭兵團出身的經理，以及愛麗兒派來的財務顧問充分地提供了支援，店鋪本身經營得很順利。

人偶與繪本雖然稱不上大賣特賣，但是販賣狀況也相當不錯。

尤其是後半的文字讀寫練習表似乎相當受歡迎。

作為贈品附上的東西最受歡迎這點雖然讓人不太能接受，但至少結果是好的。

基本上，由於有愛麗兒這名贊助商在後面撐腰，應該不會馬上倒閉才是，希望他們能細水長流慢慢經營。

接下來是克里夫。他在這一年與家人培養感情，同時也在從事詛咒的研究。

就是有關解開艾莉娜麗潔，以及奧爾斯帝德身上詛咒的方法。

不過基本上，這方面也沒有什麼太大進展。恐怕是碰上了難以跨越的門檻吧。

雖然成功地提高了魔道具的效果，但還不到完全解除。只不過歸功於這項突破，艾莉娜麗潔似乎也能有一年以上過著與性生活無緣的日子。只是本人的性慾似乎沒辦法壓抑。

然後，是我。

這次我也有所收穫。

我在阿斯拉王國與魔法都市夏利亞之間來回奔波，同時也在思考召喚魔導鎧的方法。

我向佩爾基烏斯詢問過有沒有什麼好方法，也向七星尋求了一些建議。

在這個過程當中，我注意到了某個法則。

就是雙向性的轉移魔法陣。放在上面的物體，在轉移發動的當下是會被「交換」的。

換句話說，魔法陣Ａ上放的物體會移動到Ｂ，Ｂ上面放的物體會移動到Ａ，兩邊同時移動。

由於發動的時間點是在物體放上去的瞬間，所以之前始終沒注意到這個法則，但仔細想想這其實很常見。

不過，多虧注意到這點，讓我腦海中閃過了劃時代的發明。

事先將魔導鎧設置在雙向性的轉移魔法陣上。我再隨身攜帶尚未啟動過的轉移魔法陣捲軸，到了緊要關頭再把它攤開，發動轉移魔法陣。如此一來哎呀真是不可思議，一開始放在魔法陣上的魔導鎧居然自動就轉移到我這邊了呢。

後來我立刻在事務所地下設置魔導鎧測試了這個想法，漂亮地成功了。

於是，現在我不管在世界的任何地方都有辦法召喚魔導鎧「一式」。

也就是，「出來吧，鋼〇！」這種感覺。（註：出自《機動武鬥傳G鋼彈》）

只不過不但要事先帶著巨大的捲軸，召喚後捲軸還會因為魔導鎧的重量而破裂，一張捲軸只能使用一次。

所以次數受到限制。

不過只要帶著成對的兩張捲軸運用相同的方法，就能成為緊急逃脫用的轉移魔法陣，所以是應用範圍廣泛的研究結果。

再來是奧爾斯帝德。他也做了一件很棒的事。

電話……是沒有做出來，但是他幫我做了通訊用的石板。

聽說這個好像與技神所做的「七大列強石碑」幾乎是相同的原理。設計上是寫在主石板上的東西，也會同樣寫到副石板上。

只要彼此帶著主石板與副石板在身上，就可以隨時以文字取得聯絡。

只是這個不僅非常笨重且過於巨大，以現狀來說要隨身攜帶其實頗有難度。

再加上通訊會消耗掉大量魔力，目前最理想的方法應該是設置在據點。

簡而言之，就是固定電話。

總之，最先完成的一組放在奧爾斯帝德的事務所，以及愛麗兒的私室。

每天晚上，愛麗兒應該都會跪在地上對著閃閃發光的石板說「我一定會打倒假面騎士給您看」之類的吧。（註：出自《假面騎士 Super 1》，敵方幹部向魔王報告計畫時的橋段）

研究的部分就是這種感覺。

接著也順便說說小孩的事吧。

首先是露西。我家的長女已經五歲了。

上個月舉辦了生日派對，她收到了所有家人送的禮物，看起來相當開心。

她現在精神奕奕地成長著。

不久之前還覺得她走起路來左搖右擺，咬字也不太清晰，但最近已經能穩穩地踩在地板走路，雖說口齒依舊不太清晰，但也能清楚地把話表達出來了。

擅長的台詞是「不要」以及「可是」。

而且，還因為希露菲與洛琪希的英才教育學會了初級魔術。

過著上午練習魔術，下午與艾莉絲一起揮著棒子的每一天。

這樣的生活簡直就和從前的我如出一轍。露西本人似乎認為這是理所當然而做，但是從旁人的眼裡看來，應該是非常斯巴達的教育方式。

所以，我每次都會不禁寵她，或許是因為這樣，她現在每次看到我都會叫著「爸爸」然後飛奔過來。

超可愛。

另外，過了五歲的特別生日派對之後，她好像也有了身為姊姊的自覺。

最近，她經常照顧菈菈與亞爾斯。她似乎把總是與菈菈在一起的雷歐也歸類為弟弟看待，會與菈菈一起疼愛牠。前幾天甚至還拿出了梳子幫雷歐梳理身上的白毛。

實在是很令人溫馨的光景……

但是，之後才發現那把梳子是希露菲的。

隨便拿出來還讓上面沾滿了狗毛，讓希露菲因此大發雷霆。

「可是，媽媽和雷歐，都是白色的嘛！」

這是露西的藉口。

我聽到後不禁想著「小孩子講話真有趣呢」情不自禁地笑了一聲，結果讓希露菲真的氣炸了，一整天都不願聽我說話。

能獲得她的原諒也是因為露西居中調停。

「我下次開始會用爸爸的梳子，妳就原諒爸爸吧。」

她這麼說。由於這樣的經過，導致我的梳子被拿走了一把，不過沒什麼，很划算。畢竟男人用手梳頭髮就夠了。

再來是菈菈。

邁入兩歲的未來救世主，依舊是板著一張臉不哭的小孩。

然而，其實她也不是沒有行動力。學會搖搖晃晃走路的她會在家裡到處走來走去。並不是要特別跟在誰的後面，只是順著自己的好奇心，一個人四處東晃晃西晃晃。

這個行動力想必是遺傳自母親吧。

雖然會覺得離開視線很危險，但是有看門狗雷歐隨時跟在她身邊，每當她要做出危險舉動時就會不動聲色地幫忙，所以應該沒什麼問題。

要是她亂跑之後就地睡覺，雷歐就會像是要抱住她一樣縮成一團保護著她。

菈菈好像也認為雷歐是對自己很方便的隨從還是什麼。

最近她經常會爬上雷歐的背，緊緊抓住牠後四處移動。

有一次艾莉絲打算帶雷歐去散步的時候，她想說雷歐身上怎麼揹了個很像背包的東西，仔細一看才發現是菈菈——也曾經發生過這樣的事。

雖說有雷歐在或許就能放心，不過還是會有些擔心。

還有，雖然不知道為什麼，但菈菈好像很喜歡塞妮絲。

她經常會坐在塞妮絲的大腿上，抬頭望著她的臉。

扣除掉毫無對話這點，看起來就是祖母與孫子構成的一幅溫馨光景。

最後是亞爾斯。

滿週歲的長男與父親很像超喜歡胸部。不論大小都愛不釋手，母親艾莉絲自不用說，從希露菲與洛琪希的那種小巧玲瓏型，到身為外人的莉妮亞與普露塞娜那種渾圓飽滿的胸部也是。

他被胸部抱住時總是會感到無比幸福，露出一臉愉悅的神情。

他好像很明白大小不分貴賤的這個道理。

只不過，偷尿尿的時候也會露出愉悅的表情，讓我對他的將來有點擔心。

順便說一下，每次只要我抱就會哭。馬上就哭。

就算睡得很安穩，只要被我一抱，轉眼間就會立刻鬧脾氣，睜開眼睛的瞬間就會像「這是什麼啊！」那種感覺哭出來。

看樣子他相當不能接受男性的胸部。

我是不是也可以哭呢……

算了，畢竟他出生時我並沒有在場，這也沒有辦法，但果然還是會有些落寞。

還有，我很擔心他將來會不會毫無節操地對許多女人出手。

要是再稍微長大一點，還是好好地、確實地對那方面進行教育比較妥當。嗯。

孩子們就是這種感覺。

總括來說，這一年可說是成果豐碩。

如果要附上通知書，感覺大概就是像「明年也要照這個氣勢努力」吧。

★　★　★

好啦，在我像這樣回首這一年的時候，畢業典禮也結束了。

當然，畢業生代表並不是我。

畢竟不可能會把畢業生代表選給不僅連課都沒去上，甚至連畢業考也沒參加的我，就算我真的被選為代表，應該也會辭退吧。

畢業典禮之後的決鬥大賽就略過吧。

被感覺很像要來釣金龜婿的女生告白那件事也略過。在校門口被副校長吉納斯說「幸好有推薦你進來」並要求我握手這件事也可以略過吧。尤其是吉納斯這邊，我八成還會繼續受他關照。

畢竟諾倫還在學，露西也是，再過幾年後也希望讓她去學校上課。

我這麼說完，吉納斯好像莫名地感動流下了男兒淚。

時間來到傍晚時分。我們幾個聚在大家常去的酒館。

是為了辦克里夫的送別會。雖說也是順便要慶祝我畢業，不過既沒有去參加考試也沒做什麼就畢業了，其實也沒什麼好慶祝的。雖然還是很開心啦。

克里夫在一個月後就要啟程返回米里斯神聖國。

會在那裡展開戰鬥。屬於他自己的戰鬥。至於要與什麼戰鬥，其實我也不太清楚。

恐怕有一半是要與自己本身，另外一半則不得而知。

克里夫就是為了與那個存在戰鬥才會一路努力至今。儘管中途遇上了名為艾莉娜麗潔的毒牙襲擊這個意外插曲，但他還是運用解毒魔術將傷口轉化為愛與經驗，如今正準備前往戰場。

「我一定會成為米里斯教團的幹部。到時候，就會回來迎接麗潔與克萊夫！」

這句宣言，讓艾莉娜麗潔聽得如痴如醉。

她很堅強。換作是我，假如洛琪希說什麼「我要在魔大陸當上魔王！」打算離開家門，我的內心肯定會忐忑不安。要是那個聰明的洛琪希說什麼想成為以笨蛋集團聞名的魔王，我當然會擔心。

相信對方的成功等著他回來，這句話說起來簡單，但相信對方目送他離開之後，等著的卻是悲慘的結局……像這種事情也是屢見不鮮。

然而關於這點，艾莉娜麗潔似乎很相信克里夫。

雖說並不是盲從，但還是有一定程度認清了這一點。她肯定感到很不安，卻刻意不讓克里夫領悟到這點。

果然沒有白活這麼多年。

那個時候，我是這麼認為的。

「魯迪烏斯，可以過來一下嗎？」

而在宴會即將結束的時候，這樣的認知稍稍有些改變。

艾莉娜麗潔判斷宴會差不多接近尾聲，把我叫到了外頭。

當時，我已完全處於後宮狀態。

希露菲躺在我的右大腿上睡覺，洛琪希坐在我的左大腿上喝酒，艾莉絲把頭靠在我的右肩上呼呼睡覺。我的兩手不論左右都摸著柔軟的東西，再加上有些醉意，甚至還動起了「能不能就這樣和三人同時一起做呢」的邪念。

「……可以啊。」

然而看到艾莉娜麗潔的表情，我稍微酒醒了一些。

因為她擺出了與宴會毫不相稱的嚴肅表情。

我想像得到是什麼事。

我也明白那並不是醉醺醺的狀態下該聊的事情。所以我立刻用解毒中和醉意，將三位老婆挪開後挺起身子。

「怎麼了，魯迪？要花心嗎？不可以花心喔。如果要花心請對我一個人……嗯……」

我用嘴唇讓呈現醉態的洛琪希安靜並讓她坐好，

「嗯呼——魯迪的大腿，好軟喔……」

把希露菲的頭放在洛琪希的大腿上，

「魯迪烏斯……我第二胎，也要生男的。」

將艾莉絲的頭放在洛琪希的肩上。

「好了，我們走吧。」

接著與艾莉娜麗潔一同走出酒館。

外頭很寒冷。

雖說冬季已經結束，但夏利亞的雪會積很長一段時間。

想必這股寒冷還會持續下去。

「那個，魯迪烏斯，其實是關於克里夫的事，我有件事想拜託你。」

艾莉娜麗潔一開口就直接表明了來意。

我大致上猜得到這件事與克里夫有關。這表示艾莉娜麗潔在這一年來也一直在煩惱。

不可能不會煩惱。

「那個，我認為這麼說對克里夫很不好意思……但我果然還是有點擔心。」

艾莉娜麗潔一邊吐著白色的氣，同時這樣說道。

以她的角度來看，克里夫依舊是個小孩。雖然是心愛的丈夫，但她內心也對他抱有像是對待弟弟或是兒子的感情吧。

畢竟要送他離開，會擔心也是在所難免。

「所以，你可以陪他一起過去嗎？」

「這樣好嗎？」

我不禁回問。

艾莉娜麗潔應該是尊重克里夫的決心才對。

「只要在剛起頭時幫我注意一下就好……因為能不能上軌道很重要對吧？克里夫雖然是個很能幹的孩子，但是他實在很不擅長與其他人打好交道……」

怎麼說得好像怕生的小孩啊……

不，但是我懂。克里夫確實有這樣的一面。

最後他到畢業也沒有結交到除了我們以外的朋友，從這點也可看出端倪。

就算到了米里斯神聖國，儘管孤身一人，遭到周遭的排擠，卻依舊全心全意努力的克里夫……

啊，糟糕，感覺都快掉眼淚了。

「……可是，我已經跟他約好不會幫忙。」

我也希望克里夫能成功。

希望他能在米里斯教團中順利地往上爬。就算不用爬上頂點也沒關係，我希望克里夫可以盡他所能爬上去。

即使撇開幫奧爾斯帝德召集伙伴這件事，我也打算作為一名朋友為他加油。

但是，我已經說過不會幫忙。

或許我沒有實際這麼說過，但是距今一年前，我同意了他說的話，就代表了這樣的意思。

「不能想想辦法嗎？」

「……」

「真的只要在剛起頭的時候就行了。就算什麼都不做，只要當克里夫煩惱的時候陪他商量一下，就算是這麼做也……」

「唔……」

我不打算裝模作樣地說這是男人與男人之間的約定。

我也很擔心克里夫。儘管他確實很有實力，但也有不擅長的領域。而不擅長的領域，很有可能成為他最初的一道難關。我不想看到無法克服最初的難關，完全沒有發揮出自己優秀的一面而灰心喪志的克里夫。

那麼，或許我最好還是在剛起步的時候先幫點忙。

克里夫可能會不太高興，但是朋友的力量就是自己的力量。

克里夫在學校裡獲得了在緊要關頭時願意幫助自己的存在。以這種角度思考，我的幫忙應該也可以說是克里夫的實力。

當然，也不能幫過頭，所以要懂得如何拿捏分寸。

「……」

好，我下定決心了。

不過啊，這樣奧爾斯帝德召集伙伴那件事沒問題嗎？克里夫去米里斯的這段期間，我原本打算在王龍王國那邊展開活動。而且事前也已經跟愛夏提過，還麻煩她照這個方案進行。

若是把目標變更為米里斯會不會有問題啊……

要在米里斯教團的根據地米里斯神聖國蓋一間販賣魔族人偶的札諾巴商行應肯定很困難。不過，只是先設立傭兵團的話應該沒問題。

總之就先設立傭兵團，聚集人才與情報吧。

至於商店那部分，等克里夫成功之後，再重新開始布局就好。

「我知道了，我也去米里斯吧。」

「……！謝謝你，魯迪烏斯！」

艾莉娜麗潔其實是想自己去吧。

她想將克萊夫託付給我家照顧，自己前往米里斯神聖國幫助克里夫。

不過，她肯定也已經和克里夫約好。要在家一邊養育克萊夫一邊等他回來。

「只不過要不要幫助克里夫，會由我自己來判斷，這點還請妳理解。」

「這我當然知道。」

艾莉娜麗潔安心地撫摸著胸口。為了協助丈夫，而到處奔波……是嗎？

雖然我也不是對自己的老婆有什麼不滿……
不過，這傢伙果然是個好女人。

送別會結束。
我帶著醉倒的三位妻子回家，讓她們睡在各自的床上。
孩子們已經早早就寢。
能夠把年幼的孩子放在家裡喝到爛醉才回來，也得感謝莉莉雅和愛夏。
為了向她們說聲謝謝，我再次回到了客廳。
畢竟還有艾莉娜麗潔那件事，也想找愛夏商量一下該如何設置下個分部。
我抱著這種想法走入客廳，隨即感受到一股沉重的氛圍。
在這次的送別會中途離席的諾倫，以及負責看家的莉莉雅與愛夏。
三個人面有難色地看著彼此。
「怎麼了嗎？」
「啊，哥哥……你來看一下這個。」
放在三個人眼前的，是一封信。
我將信拿起來一看。
寄件人的名字是「拉托雷亞家」。

我有印象。是塞妮絲的娘家。看來信總算是從米里斯神聖國寄回來了。

不過信明明是寄給我的卻已經開封了啊，算了沒關係。

我望向裡面，有一封信。

「已經收到了閣下的報告。

得知吾女塞妮絲陷入了心神喪失狀態。

命令閣下火速將塞妮絲帶回我拉托雷亞本家。

如果當事人在場，也將諾倫・格雷拉特與愛夏・格雷拉特一併帶回。

拉托雷亞伯爵夫人克蕾雅・拉托雷亞敬上」

實在是有夠簡短的文章。內容是很簡明扼要……但要把這個稱為信會有點問題。

這是……命令書。

「事到如今才寄這種信……」

我打住原本想說的話。

仔細想想，我大約是在五年前寄的信。

從這裡到米里斯神聖國很遠，哪怕是騎馬移動也要花一年以上。

這個世界的郵政並不怎麼發達。信很有可能在奇怪的地方打轉而遲遲沒能送達。

郵差也很有可能遭到魔物襲擊之類，導致信本身消失無蹤。

所以，信花上五年才送回來或許算是正常的結果。

「咦？信只有這些？」

「是，只有這些。」

莉莉雅回答了我。

看起來也不像是還有另一封信，將那個藏起來了的樣子。

「這樣啊……」

以一封必須花上幾年才能讓對手收到的信來說，內容相當簡短。

不對，這就是他們的考量。拉托雷亞家想必也明白信會旅行很長一段距離。

他們應該有考慮過寄不到的可能性，而寫了好幾封才對。

之所以會寫得像是命令書一樣的簡短內容，也是為了避免內文過於冗長，導致對方無法了解自己真正想傳達的用意……這樣思考就很合理。

會用命令語氣來寫，也是因為希望她們無論如何都能回去吧。

……雖然我是這麼認為，但兩個妹妹的反應卻不是這樣。

「唉……」

「……外婆一點也沒變呢。」

諾倫露骨地嘆了口氣，愛夏則是以冷淡表情看著信。

兩個人的臉上都擺出了一輩子都不想再聽到那名字的表情。

從她們兩人的反應來看，這個名叫克蕾雅的人物，恐怕就是擁有會寫出這種信的人格特質嘍？

「……」

不經意一看，就連莉莉雅看起來也面露難色。難道這個叫克蕾雅的人物是那麼討人厭的傢伙嗎？沒見過面我也不清楚。

「少爺，您打算怎麼處理？」

我望過去後，莉莉雅突然抬頭這樣詢問。

我的答案已經決定了。正好也想要一個前往米里斯的藉口。

順水推舟。可說是最佳時機。

「姑且也只能照這封信上面寫的，把母親帶去米里斯了吧。」

「……」

「……」

姊妹與義母互相使了個眼色。我好像說了什麼不對的話。

難道這個叫克蕾雅的人物真的那麼令人反感嗎？

不過，要是聽到女兒喪失記憶又陷入心神喪失狀態，任誰都會想見上一面吧。畢竟是父母嘛。

想要找到塞妮絲，他們應該也是同樣想法。

雖說塞妮絲當初似乎是離家出走，但即使如此，據保羅所說，拉托雷亞家好像也對菲托亞領地搜索團提供了金援，姑且也算是有恩。

據說他們在米里斯國內也算是有權有勢，對我個人而言，想必還是先照個面比較妥當。

「算了，反正我原本就在想總有一天要去一趟米里斯。有句話叫作順水推舟。反正要去工作，這樣也剛好。」

「咦？先等一下，哥哥。你下個月開始不是要去王龍王國嗎？」

愛夏慌張地這麼說道。

當然，我原本是這麼打算的。在王龍王國成立傭兵團，與死神藍道夫以及公主班妮狄克特打好關係，讓他們成為能夠維持札諾巴商行經營的贊助商。

我原本預計讓愛夏幫我打理相關事宜。

在阿斯拉王國的時候也是這樣，不過成立傭兵團分部時有麻煩愛夏過來一趟。

她與她在當地選擇的人才，一起成立了傭兵團。

於是，傭兵團僅僅一個月就上了軌道。在第二個月，傭兵團已經離開愛夏的領導，獨立開始運作。這是猶如魔法般的手腕。

「既然都寄來了這樣的信，我想還是快點比較好。以米里斯優先……順便也向外婆打聲招呼吧。」

「咦——……」

愛夏露骨地擺出了不悅的表情。

明明幾個月前才剛過了成人式，但是她這個部分依舊沒變。
此時，諾倫挺起身子。
「……哥哥，我不想去。」
諾倫這樣說道。她的口氣非常堅決。
不是不去，也不是不能去，而是不想去。
她沒有像愛夏那樣擺出厭惡表情，而是一臉嚴肅地這樣說。
「畢竟學校目前處於重要時期，況且我還有學生會的工作。不可能空下好幾個月時間。」
「……嗯，說得也是。」
既然我畢業了，代表諾倫已經是最高年級的學生。
還有一年，必須好好上課，好好考試，好好地畢業才行。和我不同，諾倫在這六年來都有認真去學校上課。要是在這裡放棄，會使得諾倫這六年來的努力付之一炬。
「呃，哥哥。我也是，那個……對了，米。我還要幫哥哥收成你最愛的米所以不能去！」
愛夏像是臨時想到似的這樣說道。
不過我可是知道的。愛夏使喚傭兵團的成員在郊外犁出一片田地，在那裡量產稻米。由於已經安排好負責人並讓那個人全權處理，愛夏自己也不太常去田地，這點我一清二楚。
所以，我也可以指摘這部分，帶著她一起過去。
但是，愛夏做事很看心情。

要是勉強帶過去惹她不開心，讓她變得只會應付了事就傷腦筋了。話雖如此，若是不把愛夏一起帶去，要成立分部肯定是困難重重。畢竟我一個人肯定沒辦法處理得很好……

啊，對了。

就算帶她到米里斯，也可以選擇不讓她們見面啊。

「我知道了，愛夏。既然妳那麼不想見外婆，我也不會勉強妳。不過，至少陪我一起過去米里斯吧。拉托雷亞家那邊就由我、莉莉雅小姐以及母親三個人一起過去，妳只要把心思放在傭兵團那邊就行。」

「……好耶。謝謝哥哥！」

愛夏眉開眼笑。

就那麼討厭克蕾雅嗎？

不過，莉莉雅也沒有責備愛夏。平常要是她這麼說，肯定會在唸她的同時賞她一記鐵拳。

「我明白了，少爺。請讓我陪您一同前往。」

莉莉雅雖然和往常一樣面無表情地低下了頭，但她本身看起來也不太想見到克蕾雅。

站在她的立場來想，也不是不能理解。

塞妮絲曾是米里斯教徒。她的母親肯定也是米里斯教徒。

我不知道以米里斯教的作風，會以什麼樣的方式對待第二名妻子。但既然在戒律上是禁止的，至少不會受到歡迎吧。

「莉莉雅小姐，就麻煩妳了。」
「不會，這是我分內的工作。」
只有我一個人沒辦法妥善照顧塞妮絲。
莉莉雅或是愛夏。再怎麼樣也要帶其中一人過去，否則就糟了。
「那麼，愛夏。既然事情決定了，就麻煩妳把計畫從王龍王國更動為米里斯神聖國。」
「好～要什麼時候出發？」
「我想想……」
乾脆配合克里夫嗎？雖然沒有特別理由，但是從轉移位置移動到米里斯還有一小段距離。
畢竟我也不是要去幫忙，說不定一起同行也是好事。
「那麼，就一個月後。」
「了解～」
不過話說回來，祖母啊……會是什麼樣的人呢？
從諾倫及愛夏的反應來看，實在很怕和她見面。

★ ★ ★

變更前往王龍王國的計畫。

下一個傭兵團分部要設立在米里斯神聖國。

愛夏雖然嘴上抱怨，但是也開始幫我著手準備。

除了寫著王龍王國用的紙捆之外，又開始另外製作了寫著米里斯用的紙捆。

她現在在準備的是只要一看內容，就可以知道在各國需要什麼樣人才的資料。

由於這次沒有國家當後盾，不管是聚集人才還是做什麼，應該都得花上一些時間。

總之，先把目標放在半年左右。到時候再確認是否有辦法上軌道，還是感覺過於勉強。

我也姑且先跟克里夫說了一聲。

因為偶爾、湊巧、收到了塞妮絲娘家傳喚的信件，所以就說乾脆一起去吧云云。

克里夫雖然露出苦笑，但看起來並沒有很不高興。

「其實我早就覺得不管說什麼，你到最後還是會跟來的。」

他如是說。這句話可以感覺到他對我的信賴，是充滿著安心感的一句話。

搞不好克里夫自己也很不安。札諾巴那時魯迪烏斯分明說過要跟去，輪到自己的時候卻不願意跟。還以為魯迪烏斯覺得跟我之間根本不存在著友情。

明明就不可能是這樣嘛——克里夫學長真是的。

好啦，這下決定要去米里斯的，除了克里夫以外有四個人。

我、愛夏、塞妮絲以及莉莉雅。

由於莉莉雅與愛夏要離家遠行，擅長家事的人自然會減少，所以希露菲要留下來看家。

礙於魔族的身分，在米里斯神聖國應該會留下難受的回憶，所以洛琪希也要看家。

艾莉絲雖然很想去，但莉莉雅強烈反對。說艾莉絲夫人最好別去拉托雷亞家，否則肯定會吵起來。不過我不是很清楚她真正的意圖。

但是，從莉莉雅的話中可以推斷，拉托雷亞家的克蕾雅是個非常難伺候的人物。

所以我能夠理解她為什麼說最好別讓艾莉絲與那種人見面。

我也不樂見與塞妮絲的娘家交惡。而且帶著沒斷奶的嬰兒旅行也很辛苦。

如此這般，讓艾莉絲打消了這個念頭。

所以很罕見的，變成了沒有一個老婆跟來的狀況。

……算了，偶爾也會有這種時候吧。

於是我們不斷進行準備，就在邁入即將出發階段的某一天。

發現希露菲懷孕了。

第六話「於是前往米里西昂……」

希露菲懷孕了。是第二胎。

在出發前夕的這個時期。如果是以前的我，想必會抱頭煩惱該如何是好。

然而，像這樣在長期出差的時候懷上孩子已經是第四次了。

儘管依舊會感到擔心，但和以前相較之下顯得綽有餘裕。

這件事實在是可喜可賀。名字該取什麼好呢？這次會是男孩子嗎？還是女孩子呢？露西，妳要有弟弟或是妹妹嘍。又要當姊姊嘍。

雖然我滿心雀躍地在庭院來回奔跑……

「希露菲夫人居然……怎……怎麼辦才好……！」

莉莉雅卻顯得很驚慌失措。

向來冷靜的她一臉鐵青，苦惱不已。

「負責照顧塞妮絲夫人的非我不可……可是，能處理家事的只有懷孕的希露菲夫人……要是有個萬一……」

她為了照顧塞妮絲而準備一起前往米里斯。那段期間的家事將會由希露菲一手包辦。

就在決定以這種方式處理時，懷孕了。

洛琪希姑且也會做些簡單的家事，不然暫時僱個傭人也是個方法。雖然也有這種想法，但是要放著孕婦離家好幾個月，果然還是會感到不安。

莉莉雅很猶豫。應該要陪著塞妮絲一起去，還是該留下照顧希露菲。

像這樣看到莉莉雅驚慌失措的模樣，我就有種自己也必須要顯得坐立難安才行的感覺。

恐怕現在並不是可以天真地感到開心的狀況吧。

原本在我決定要成為奧爾斯帝德的部下時，就已經做好了有可能會放下孕婦自己出差的心理準備，但仔細想想，前提是要有愛夏與莉莉雅這兩個值得信賴的人幫忙照顧。

難道說，這次狀況很不妙嗎？

坐立難安……

「呃，我沒問題的。畢竟是第二次了，洛琪希與艾莉絲也都在家，況且還有奶奶在。」

希露菲對煩惱的莉莉雅這樣說道。確實，希露菲本身已經是第二次懷孕。

想必她很清楚自己該做什麼。而且也有許多人能依靠。

洛琪希雖然會經常不在家，但既然艾莉娜麗潔能定期過來探望，這樣肯定是最好的做法。

艾莉絲也是，一旦發生狀況她應該會積極採取行動。

嗯，沒錯。第一次懷孕的時候，家裡面只有諾倫與愛夏。

如今已經有過照顧三名孕婦經驗的愛夏，在當時也從未照顧過孕婦。

這樣想來，現在的狀態還比較好些。畢竟我也不是要離家一整年。所以沒問題的。

「是啊，總會有辦法的！由我來保護！」

「我白天人不在家，所以多少會感到不安，不過希露菲周圍經常都會有人陪著，我想應該不會發生什麼危險的狀況。」

艾莉絲與洛琪希也這麼說。

但是，不安的種子不只這些。

莉莉雅低頭朝抓住洛琪希長袍站著的菈菈瞥了一眼後這樣說道：

「可是，現在還有小孩，勢必會增加負擔。實在不知道會發生什麼事……」

確實，小孩子就是不知道會做出什麼。

露西與菈菈都是活潑好動。儘管她們倆不可能抱著惡意去襲擊希露菲，但比方說露西在練習時釋放的魔術直接打中希露菲，或是騎在雷歐背上的菈菈打算跑去房子外面，慌張的希露菲不小心從樓梯摔下來之類。

……不對，我很清楚講這種話會讓事情變得沒完沒了。

總之，小孩子就是意外的集合體。

實在令人苦惱。歸根究柢，就是因為希露菲說「因為種族的關係，大概已經沒辦法懷孕了喔」，我就說「是嗎？不確認一下怎麼會知道呢？」……完全就是錯在不去考慮生育計畫就犯下調皮行徑的我身上。

不對，當然我完全沒有因為好玩才生小孩的想法。

我一直很盼望第二胎到來。因為自從露西出生後已經過了五年，想說大概就像希露菲所說的應該沒辦法了，所以最近都沒在意避孕什麼的直接上了……

不管怎麼樣，在這後悔也無濟於事。

責任在我。我在妻子懷孕的艱難時期，總是沒有辦法陪在她們身邊。

三個人生小孩時都是這樣。

不過話又說回來，為什麼每當我打算出遠門時就會剛好懷孕啊？

難道是人神的詛咒嗎？

姑且也有推遲前往米里斯神聖國行程的這個方案。

延後個一年左右，看著希露菲平安生產，然後再重新出發。

只不過到時也有可能接著輪到洛琪希！然後艾莉絲！這樣連鎖下去……

總而言之，考慮到移動到米里斯的時間，就算晚個一兩年過去，對方也不會提出怨言。

與克里夫的狀況一樣。

不過呢，沒錯，還有克里夫這邊的問題。艾莉娜麗潔拜託我，說至少在剛起步的時候要看著他。但是就算我們說不去，克里夫也還是會去吧。

雖然我認為應該不要緊，但也有可能會在這一年內讓事態發展到無可挽救的地步。不管是希露菲還是克里夫，都有「萬一」的可能性。

兩邊都沒有急迫性。

但是我必須要做出抉擇。是要選克里夫，還是選希露菲？

要選工作，還是要選愛情？

考慮到將來的狀況，最好盡快在米里斯設立傭兵團，支援克里夫引導他成為未來的大教皇。

對我而言是最佳的選擇。

可是，那樣做好嗎？要是希露菲與孩子在私底下哭泣，不就毫無意義了嗎？

要想清楚我是為了什麼才協助奧爾斯帝德的。

別迷失了本質。

「…………」

正當我冒出這種想法時，突然間，塞妮絲動了。

「？夫人？」

她走路搖搖晃晃，彷彿像是夢遊症患者一般，毫無預備動作地握住了莉莉雅的手。

她的動作似乎相當用力，莉莉雅一邊踩著蹣跚的步伐，一邊被塞妮絲拉著走。塞妮絲所走的方向，是希露菲的身邊。

「那個……塞妮絲、小姐？」

希露菲一臉困惑。塞妮絲將莉莉雅的手，輕輕地放在希露菲的肩上。

簡直就像是在表示，莉莉雅負責照顧這孩子。

就像是在說，自己不要緊的。

「夫……夫人……！」

莉莉雅瞬間紅了眼眶。

塞妮絲偶爾會展現出堅強的意志。家裡面的每個人都注意到了，她在與孩子及孫子有關的時候才會表現出這一面。如果是塞妮絲的話，肯定會覺得與其讓莉莉雅照顧自己，更應該讓她去照顧希露菲與肚子裡的小孩。

每個人都對此心照不宣。

「明白了。」

莉莉雅拭去淚水，看著塞妮絲的眼睛後點了點頭。臉上已經沒有一絲迷惘。

「愛夏！」

「是……是！」

莉莉雅對看得目瞪口呆的愛夏這樣說道：

「妳要代替我照顧塞妮絲夫人，並將她平安地送到拉托雷亞家。不允許妳任性！」

「……是！」

愛夏有一瞬間猶豫了。說實話，她應該很不想踏進拉托雷亞家的大門。

但是，她並不是看了剛才的那一幕之後，還依舊敢說NO的壞孩子。

「魯迪烏斯少爺，事情就是這樣，麻煩你了。」

「……是，就有勞妳了。」

既然有莉莉雅在旁邊照顧，希露菲就不會有什麼萬一。我如此深信不疑。

我只要毫無後顧之憂地在米里斯神聖國工作即可。

「希露菲。」

「……怎麼了，魯迪？」

但是，有一句話不先說不行。是很重要的事。

「我愛妳。」

「嗯。我也是。」

希露菲挺起身子，緩緩地將手繞到我的背後。

我將臉埋進她的頭髮，以適當的力道抱緊她。

「我會先把孩子的名字想好的。」

「嗯，等你回來再告訴我吧。」

希露菲靦腆地笑了。以往的話，應該還會感到有些不安。

但是，希露菲的身後有莉莉雅在。

是我可靠的第二位母親。

之後，在與洛琪希及艾莉絲各別擁抱了之後，我們便動身了。

★ ★ ★

移動開始。

我、愛夏、塞妮絲以及克里夫。僅僅四人的旅行。

儘管行李有經過精挑細選，但依舊很多。因為通訊用的石板、召喚魔導鎧「一式」的捲軸實在太占空間。

因為我一如往常地裝備著「二式改」移動，所以重量上不成問題，但無論我有多大力氣，手只有兩隻，背只有一個。人的大小不會改變，一旦拿著比自己還大的行李自然會很不好行動。就像是環抱著一個巨大的空箱子那樣。

我拿著這樣巨大的行李，在郊外與克里夫會合。

我向他說明成員減少的來龍去脈之後，克里夫感到很驚訝。

但是，他聽到我有了小孩便露出開朗的笑容，同時獻上了祝福。

「就我的立場來說，其實你的狀況不太值得誇獎……但米里斯大人也說過：『一個新生命的誕生，不論那是怎樣的存在，都值得令人欣慰。』」

「很感謝你願意這麼說。」

「我會向米里斯大人祈禱，願你的孩子們與我的孩子將會成為很好的朋友。」

不管我對米里斯教來說是多麼惡劣的傢伙，小孩都是無辜的。

不過，我所生的小孩，將來的對象也有可能換了又換……

到時想必克里夫會願意幫我說教吧。

不對。要由我來教訓他們才行。嗯。

「話說回來，克里夫學長對拉托雷亞家知道些什麼嗎？」

「拉托雷亞家啊……」

在這一個月內，我對莫名擺出不悅表情的妹妹們＋莉莉雅，試著詢問了拉托雷亞家的克蕾雅外婆的各種情報。

以結論來說，就是個「頑固且嚴厲的人物」。

諾倫別開了臉說「我唯一有印象的就是事情做不好就會惹她生氣」，愛夏則是混著嘆息說「每次生氣都會叫諾倫姊站起來罵」。

莉莉雅則是回答「總之是位很重視血統與教義的人」。

簡而言之，這三個人留在米里希昂的時候寄宿在那個家裡，同時也被針對家世與結婚方面說了不少閒話。

不過，我對克蕾雅並沒有特別擔心。

要是只聽事前情報，確實會很害怕與她見上一面……但是說到「頑固且嚴厲的人物」，我倒也想得到一個人。

雖然他已經不在人世……就是紹羅斯・伯雷亞斯・格雷拉特。

是艾莉絲的爺爺。那位爺爺雖然重視的地方與克蕾雅不同，但也是非常堅守自己的原則。

只要好好地以禮相待，自然會做出適當的對應。

克蕾雅也是人。

就算注重血統，我姑且也算是繼承了拉托雷亞家與格雷拉特家的血脈。

不過重視教義這點倒是有些可怕，我最好還是把重婚這件事瞞著她吧。

不管怎麼樣，我在那個被大嗓門與暴力支配的艾莉絲老家都能活下去了。

只要把克蕾雅預想為紹羅斯的女性版大概就不成問題了吧。

儘管妹妹們因為回憶補正斷定她是個討人厭的傢伙，但只要見上一面，也很有可能會覺得她只是有些頑固，骨子裡是個熱情的好人。就像瑞傑路德一樣。

總之，我不打算阻止母親想見女兒一面的心情。

不過我姑且還是要先收集情報。

「是排斥魔族派系的幹部之一，也是出過許多優秀神殿騎士的名門。」

「原來如此。」

神殿騎士團。仔細想想我的阿姨特蕾茲也是神殿騎士團的一員。

那個人現在過得還好嗎？

「畢竟我在米里斯的時候還很小，詳細的情況並不是很清楚，但我聽諾倫說過是個嚴格的家庭。」

諾倫似乎很信賴克里夫，在學中只要遇到困擾的事情好像就會找他商量。

在這個過程當中，她應該也說過從前自己在拉托雷亞家曾經被蓋上了「沒有用的小孩」這個烙印。說常常被拿來和愛夏比較，是個輸給小妾孩子的廢物。

克里夫聽說這件事後，似乎不斷地鼓勵她「不需要拿別人與自己比較。妳就隨時以超越現在的自己為目標努力吧」。

結果，諾倫當上了學生會長。

雖然沒有說出口，但諾倫似乎很尊敬克里夫。

我想並沒有達到愛慕的程度。但假設艾莉娜麗潔沒有出現，諾倫與克里夫他們兩個也有結為連理的可能性。

咦？可是這樣一來，排斥魔族派系的拉托雷亞家，與迎合魔族的格利摩爾家就會聯姻……

啊，不對不對。諾倫不一樣。諾倫是保羅的孩子，是格雷拉特家。

與米里斯教團的派閥鬥爭沒有關係。

「以我來說，只祈禱你不會成為拉托雷亞家的一員，變成我的敵人。」

「我不可能會跟克里夫學長為敵的。」

「我當然很信任你。可是，偶爾也會有身不由己的時候……」

克里夫這樣說完，露出了苦笑。

仔細想想，確實是很麻煩的關係。拉托雷亞家是神殿騎士團，屬於排斥魔族的派系，也是克里夫的敵人。

是不是要考慮一下和那個家建立關係的必要性呢？

不對，彼此確實是有血緣關係。所以我只要以魔法都市夏利亞的格雷拉特家、奧爾斯帝德的屬下、「龍神的左右手」魯迪烏斯．格雷拉特、克里夫的朋友魯迪烏斯，這樣的身分與對方打交道就好。

「雖然我不會積極地幫忙克里夫學長，但也不會因此就站在敵人那邊。要是騙你，就算是要把我家女兒挑一個送給克萊夫也行。」

「哦哦，那樣或許也不錯。你女兒與我兒子定下婚約……嗯，還不壞。」

「啊，請等一下。由父母決定小孩子的婚事還是……」

「我知道我知道。開玩笑的，好啦，快走吧。」

克里夫哼笑一聲並邁出步伐。

真的是開玩笑的吧？不過，畢竟露西跟菈菈都很可愛……

她們兩個將來長大後都會變成像母親一樣的美女吧。克萊夫將會在看著這樣的美女姊妹的環境下長大。初戀的對象一定也會是露西吧。畢竟克萊夫是艾莉娜麗潔的兒子，說不定會在很早的階段就告白進而開始交往。

如果是哪個名不經傳的傢伙也就算了，但他可是克里夫的兒子。

假如克萊夫無論如何都想跟菈菈交往，肯低下頭對我說「拜託了岳父」，也是可以承認他們交往。

當然，我才不准你叫我什麼岳父呢——

「哥哥，要丟下你嘍～」

愛夏牽著塞妮絲的手這樣一叫，讓我頓時回神。

「噢，抱歉抱歉。」

不管怎麼樣，這都是很久以後的事。我這樣想著，和愛夏她們追上了克里夫。

繞去事務所後，向奧爾斯帝德打了聲招呼。接著我們移動到地下，站上了轉移魔法陣。一轉眼就到了米里斯大陸。

位於米里斯這側的轉移魔法陣，是以前來到這附近時設下的。

位於與米里斯首都不算太遠的森林深處。

是那裡面的某個廢棄小屋的地下。

雖然會不由得去想會什麼森林裡會有廢棄小屋，但在這個世界靠近森林附近的村子，偶爾會突如其來被侵蝕過來的森林給吞噬。

這裡也是那種村子之一。

長滿青苔、藤蔓叢生的宅邸地下。發出淡淡光芒的魔法陣。

雖說宅邸本身沒有進行管理，但或許是因為有樹木支撐，想必不會馬上倒塌。

儘管偶爾會有附近城鎮的冒險者出沒，但有魔法陣的房間以隱藏通道連接，我們在前往該通道入口的房間事先放了寶箱。裡面雖然只放了一些無關緊要的魔力附加品，但大部分傢伙都會因此滿足而打道回府吧。

從這裡開始以徒步移動。

由於要帶著處於心神喪失狀態的塞妮絲旅行，勢必得多花一些時間。

雖說位於米里斯附近的此處不會有強大魔物出現，但還是必須緩慢前進。

沒錯沒錯，說到魔物，我想起為了設置轉移魔法陣與奧爾斯帝德造訪這座森林的時候，第一次遇到了那個魔物。

就是哥布林。有綠色的皮膚，身體大小約為人類一半的那傢伙。

好色且好戰，是世界上最弱級別的個體。他們群聚生活，偶爾也會抓來其他種族交配使其懷孕。不但無法溝通，還將人類視為敵人，只要一發現就會發動襲擊。

不過說實話，我有想過哥布林這種生物會不會不是魔物，而是魔族呢？

他們在森林深處的洞窟過著非常原始的生活。

居住採橫穴式，以集體狩獵謀生。

雖說手工水準很低，但也會使用棍棒以及石製菜刀那類的道具。另外，雖然我只是瞥到一眼，但是哥布林的父母會對哥布林的小孩表現出類似愛情的情感。

單純只不過是智力過低而被歸類為魔物，我想和原始時代的人類應該相差無幾。

要是他們聽得懂人話，我想處境或許會有些不同。

不過，這裡是米里斯大陸。米里斯神聖國是不會承認那類生物的。

說不定，哥布林之所以看到人類就會不分青紅皂白地發動襲擊，也是因為過去曾發生了那類糾紛。哥布林與米里斯神聖國之間，肯定存在著我所不知道的鬥爭歷史。

仔細想想，哥布林也是很可憐的生物。如果他們棲息在中央大陸，至少不會被徹底視為魔物，而是被判別為最下級的魔族也說不定……

我在排除路上襲來的哥布林後湧起了這樣的想法。

「哥哥，你看著哥布林在想什麼？」

「嗯。我只是突然想到，要是居住場所不同，哥布林或許就不是被稱為魔物而是魔族了這樣。」

「……要是向洛琪希姊這麼說，會不會惹她生氣啊？」

「洛琪希才不會生氣啦。」

雖然一概以魔族稱呼，但其實他們也有各式各樣的種族。

應該也會有我不知道，但是跟哥布林一樣頭腦很差的種族。

畢竟連被稱呼為魔王的存在也是呆頭呆腦的，就算有比那個更笨的種族也沒什麼好不可思議。不如說魔王蠢成那樣反而更教人匪夷所思。

「不過，你為什麼會想那種事？」

「不是啦，因為哥布林和其他魔物不同，是以組織一起行動。所以我在想他們要是了解語言，是不是就不會受到像現在這樣的待遇。」

「咦～？應該會一樣吧～？」

愛夏露骨地擺出了厭煩的表情。

自古以來，哥布林這種生物就是不受女性與小孩歡迎。

算了，沒關係。我也不是什麼哥布林保育團體。

「說到組織，愛夏在傭兵團那邊處得怎麼樣？」

「嗯～？怎麼樣是指？我是覺得處理得還不錯……」

「我不是問處理得怎麼樣，是指跟他們相處得如何。」

我只是單純以聊天的感覺問的。

因為我想聽到她說處得很好。前陣子跟某人一起去吃飯，然後吃的是非常辣的料理，大家都一邊喊辣一邊吃喔之類。

「……不知道呢。」

然而，她卻以陰沉的聲音回覆我。

難道是霸凌？

如果是平常的我應該已經慌張地衝進傭兵團，逮捕莉妮亞與普露塞娜，在偵訊室請她們吃豬排飯了吧。

不過，去年我才剛剛看到。

莉妮亞與普露塞娜，以及傭兵團的成員都為了愛夏的生日準備了禮物。

至少愛夏是被傭兵團接納的。

這點毫無疑問。

「有什麼事情讓妳擔憂嗎？」

「唔……該怎麼說，其實我也不太清楚。」

「哦。」

「像諾倫姊也是這樣，一旦開始做什麼事之後，就會很若無其事地去做那種『做了之後就絕對會失敗』的事吧？」

「……不，我想是因為她事先不知道會失敗，才會若無其事去做。」

「啊，不是啦。應該說，是指失敗一次之後，又重複同樣的失敗。」

「噢，原來如此。」

意思是重蹈覆轍嗎？

諾倫確實是會重蹈覆轍的類型。

不過那是因為……不對，先冷靜下來，打斷別人說話並不好。先聽到最後吧。

「因為我在傭兵團是顧問，是大家的上司，所以要是部下犯了同樣錯誤自然得警告他們，偶爾還得生氣什麼的吧。會說前陣子不是已經講過了嗎？為什麼還辦不到這樣。」

「嗯。」

「不過大家，好像……很討厭這樣。」

「嗯，沒有人被唸了一頓之後還會覺得開心的。」

「不過啊，既然討厭就別犯同樣的錯誤就好了吧。因為哪裡不對，或是下次該怎麼思考比較好，這些我全部都有教過了啊。」

「畢竟就算有人教，也不代表能馬上實踐嘛。」

我這樣說完，愛夏擺出了「我不懂」的表情。

也對，愛夏或許沒辦法了解。

愛夏就是所謂的天才。做事精明抓得到重點，只要記起來就不會忘記。失敗的比率少得極端，成功時也多半都是近乎完美。

她非常擅長將經驗與知識活用在下一次的狀況。

以我這樣的凡人來看，就算認為那是「不同種類的失敗」；以愛夏的角度來看，卻會歸類為「相同種類的失敗」。會認為明明以前就發生過這種事情也反省過了，為什麼還會重蹈覆轍，讓她看著看著就煩躁起來。

我想，被愛夏唸了一頓的部下，八成不認為自己犯下了相同的失敗吧。

所以，才會覺得是每次失敗就發脾氣的愛夏不對也說不定。

「就是因為這樣，所以我才會覺得自己雖然處理得很好，卻跟他們處得不好……」

「原來如此。」

愛夏的能力確實很高，但也因為這樣很容易就把他人丟下不管。

不管做什麼都是自己處理得更有一套，如果是自己就不會失敗。所以才會更常去斥責他人，或是狠狠地發脾氣吧。

「不過，這樣一來，職場的氣氛不會變差嗎？」

「呃，每當我生氣之後，莉妮亞就會靠到被我凶的那個對象身邊說些悄悄話。雖然我不清楚她說了什麼，不過大家後來都一臉神清氣爽地走回來。」

原來如此。

愛夏斥責傭兵團的成員，而莉妮亞與普露塞娜負責幫她說話啊。

可說是適材適所。

「那麼，要是愛夏有一天也能擔任那個角色就好了。」

「咦——……」

愛夏露骨地擺出了厭惡的表情。

如果要求她去做是沒問題，但感覺她並不想這麼做。

算了，實際上像是安慰別人，或是抬舉他人，讓對方保持動力這種小事，對愛夏來說應該

是不成問題。

不過，她肯定沒辦法連對方的感受也一併理解。

真希望愛夏總有一天也能了解那種感受。像是無法把事情做好的傢伙為何苦惱，或是想認真把事情辦好卻無能為力的苦澀，明明知道這是最好的方法，身體卻無法隨心所欲去動的無力感之類。

只要明白這點，愛夏肯定會受到更多人喜愛。

就算不明白，愛夏應該也可以過得很快樂，但還是希望她能了解那種感受。

「算了，不需要著急。」

「嗯。我沒有著急。因為我處理得很好。」

我與愛夏一邊聊著這樣的對話，同時前往米里希昂。

穿過森林之後，距離米里希昂還有七天左右的距離。

我們路上經過村落，在當地購入了馬車。雖說是馬車，其實比較像是貨車那類簡陋的交通工具，但總比步行還來得好些。畢竟石板也很重。

我們駕著馬車在道路上前行。

這個國家的平原比阿斯拉王國更多，大多農家多半從事放牧而非農耕。

阿斯拉王國雖然有很多像是美國的小麥田風景，不過這裡比較多像是蒙古放牧場那類的景色。

阿斯拉是黃色與綠色。米里斯是藍色與綠色。

兩邊在充滿綠意這點倒是一致。

綠意盎然正是豐饒的證據。

至於路上遇到的魔物數量，姑且算是米里斯多了一些，但也就是一些罷了。

與魔大陸以及北方大地相較之下，可說是非常安樂的環境。

然後，我們抵達了米里斯神聖國首都——米里希昂。

第七話「克里夫返回故鄉」

我們抵達了米里斯神聖國的首都米里希昂。

也很久沒來這座城鎮了。設置轉移魔法陣時雖然也來過米里斯大陸，但當時並沒有造訪首都。所以，這是我人生中第二次來到這裡。

上次來的時候是從北側進入，當時的光景至今仍舊歷歷在目。來自青龍山脈的河流流進湖泊，湖泊中央聳立著純白色的「白之宮」，沿岸可見金色的大聖堂以及銀色的冒險者公會。

還有設置地點就像是要包圍整座城市的七座雄偉高塔，外側則是遼闊的草原地帶。

……啊。

「尊嚴與調和。同時擁有兩者的這裡是世界上最美麗的都市」。

是這樣講嗎？

因為眼前景象與過去所讀的書裡提到的解說如出一轍，我自然而然地記得。

哎呀真是令人懷念。那是什麼書來著？

對了對了，是冒險家布萊迪康德寫的《行遍世界》。現在想想依舊是很厲害的名字。

不過話說回來，從南方望去的米里希昂果然也很美麗。多虧高塔與高聳的城牆，完全看不見多餘的物體。唯獨一座莊嚴的白銀城堡一閃一閃地反射著亮光。由於城牆遮蔽了城堡以外的物體，所以更加突顯出城堡的美麗。

Simple is best。

「對耶，這個城市是世界上最漂亮的。」

「不過，它的內部，肯定是世上最骯髒的。」

喃喃說出這句話的是克里夫。他似乎聽到了我的自言自語。

克里夫的眼眸之中只映著白之宮。對於現在的他而言，那座美麗的城堡或許是帶來壓迫感的存在。畢竟這是今後要成為戰場的城鎮，會這麼想也是理所當然。

老實說，如果要論內部的腐敗，我認為阿斯拉王國更是不堪入目。不論是愛麗兒還是其他貴族，骨子裡都是滿腹黑水。不過再怎麼說，阿斯拉王國在外側也有許多骯髒的地方。並沒有像米里斯神聖國這樣將表面打理得光鮮亮麗。

要是從這點來看，米里斯這邊確實更加骯髒吧。

「…………克里夫學長。」

「我已經不是學長了吧？」

「克里夫……要是有什麼需要，請跟我說一聲。」

這次我的立場很輕鬆。我想保持這樣的心態，助克里夫一臂之力。

只要是像去便利商店買瓶果汁什麼的，那種程度的就可以。

「那麼，總之……先用馬車送我回家吧。」

「收到，謹遵未來的大司鐸大人的吩咐。」

這一天，睽違了約十年之久。

克里夫回到了米里希昂。

★ ★ ★

米里希昂有四處入口。

冒險者區、居住區、神聖區以及商業區這四處。

上次來的時候是從冒險者區進入的。理由我記得是因為城外的人要是從那裡以外的入口進入就會惹禍上身。不管怎麼樣，我記得是繞著城牆，從最熱鬧的出入口進入的。

這次也是從同樣的入口。

只不過與上次不同，這次有克里夫在，沒必要挑入口。只是位於南側的冒險者區入口離我們最近。

只不過，充其量也就是近而已。與其在人來人往的城鎮裡面穿梭，還是在人群稀少的外圍上用跑的更省時間。也就是所謂的欲速則不達。

不過，克里夫卻這麼說。

「我想看一下久違的城鎮。」

再怎麼說都是久違的故鄉，睽違十年的故鄉。

儘管接下來將會在這裡住上好幾年，但今天這個日子是特別的。

在從入口前往家的道路途中，感覺某處與以往沒變，某處又和過去不同，沉浸在鄉愁中。

能這麼做的機會絕對不多，而現在就是那個機會。

「了解。」

如此這般，我順從克里夫的提議，從正面駛入馬車。

「真懷念啊……」

克里夫在通過米里斯美麗的大門時，喃喃自語說了一句。

我聽說克里夫是神聖區出身，鮮少來到冒險者區。可是，他為何看到冒險者區的大門後會瞇起眼睛。難道是有什麼值得他回憶的小插曲嗎？

我待在這個鎮上的時間也頂多就一個星期。

能夠回想起來的盡是與保羅有關的回憶。

雖然要是深入回想應該會流下眼淚，但除此之外並沒有稱得上回憶的經歷。

所以我環視周圍之後，腦中所想的是未來。關於今後要在這個城鎮設立傭兵團的事。

周圍有冒險者絡繹不絕地走在路上。

與阿斯拉王國相較之下，有許多獸族與長耳族這類種族。

儘管冒險者的層級各有不同，但只要看一眼服裝就能大致明白。

明顯就是穿著二手裝備，十五六歲左右的少年少女是剛入門的新手。

身上穿著全新裝備的，是十八歲左右的初級。

新品與用久的裝備混著穿的二十幾歲是中堅。

乍看之下穿著老舊裝備，其實身上穿的東西很有可能是魔力附加品，再不然就是高級貨的是老手。

雖說職業五花八門，但畢竟是在米里斯教團的勢力範圍，治癒魔術師很多，魔術師較少。

在魔法都市夏利亞，是以身經百戰的戰士、劍士與初出茅廬的魔術師為多。

由魔法大學所栽培，希望成為冒險者的魔術師新手，會由老練的戰士們挖角組隊。

種族主要是人族與獸族。獸族之所以較多，想來與莉妮亞及普露塞娜長期居住在那有一定關聯。

在阿斯拉王國的首都亞爾斯，不管左看右看都是新手。由於學校的種類充實，所以職業不會有特別傾向，但種族幾乎都是人族。除了人族以外的種族大部分都是中堅或是老手，早早就會離開王都。

米里斯的冒險者人種與層級之所以會如此分散，原因應該在於這裡很靠近大森林。

從大森林會有獸族、長耳族、小人族以及礦坑族這些種族的新手南下；在米里斯這邊累積了實際功績的冒險者，則是會北上前往魔物更強的大森林。不過由於大森林沒有冒險者公會，才會以米里希昂或是贊特港作為據點。

以結果來說，冒險者公會總部座落的這個城鎮，各式各樣的冒險者會以平均的人數停留在此。

好啦，該怎麼在這樣的地方成立傭兵團呢？

在阿斯拉王國因為有愛麗兒的人脈幫助，事情進展得輕鬆順利。

在那個國家，充斥著「劍士」、「商人」以及「貴族」。

儘管進過劍術道場卻無法成為士兵，也當不上冒險者，也沒辦法靠關係指導別人劍術的平民；儘管作為商人的兒子出生，一路以成為商人為目標努力學習，然而店卻交給長子繼承，才不得已選擇自立門戶的人。還有，儘管受到了全面性的教育，但既沒有成為當家也沒有娶到老婆的，下級貴族的三男以及四男。

試著召集人才之後才意外地發現建立了各方面的人脈，後來也以士兵難以處理的工作為中心接到了許多案子。

到了最後，是交給愛麗兒介紹來的上級貴族五男擔任分部長。

哎呀～要任命那個五男擔任分部長時進行了面試，真的是很有意思。

我與愛夏兩個人戴著三角形的平光眼鏡，問他「你在來我們這邊之前有兩年的空白，都去做什麼了？」。

結果他回答「我隱瞞身分，積極地與平民交流。透過這個經驗，我理解了文化的差異，同時也學到要仔細了解每一個工作伙伴的重要性」。

他的應答條理分明，讓我湧起「哦，這傢伙真了不起」的想法。

實際上，他處理人事的能力也很高。不僅熟知貴族與平民在生活與文化上的差異，每當團內發生糾紛，也能理解雙方的說詞將狀況和平收場。

雖然沒有領袖魅力，但很不可思議地是個不會讓人討厭的類型。

那自然會交給他嘛。畢竟比我還優秀。

算了，這件事先放到一邊。

總之我也想在這個國家順利地成立傭兵團。

人才，以及分部長。傭兵團的方針。雖說愛夏似乎列了一些筆記，但我認為還是要看過現場狀況後才能下決斷。

因此她也和我一樣，正東張西望地環視著周圍。

但是，以這裡的狀況就決定所有方案也過於草率。這裡因為是冒險者區，冒險者自然很多，但還有神聖區、商業區以及居住區。比起冒險者，以當地人作為調查對象肯定更為正確。

總之最好先看過神聖區與居住區後再做結論。

「之前來的時候沒有注意到……不過有各式各樣的種族呢。」

「畢竟離大森林很近嘛。」

我一邊說著一邊環視周圍。真的有各式各樣的種族。

看起來只有十歲左右的小人族，手腳細長得猶如枯木的長耳族。獸族也有各種傢伙。狗、貓、兔子、鹿、老鼠、老虎、狼、羊以及熊……我突然想到，那群人要是看到被當成家畜飼養的牛或是豬，都不會有什麼感覺嗎……

不對，這就和人類看到養在動物園的猴子也不會有特別感覺一樣。

畢竟是不同的生物。

「啊——啊——……！」

「啊！等等，站起來很危險的……！」

我不經意轉頭望向後方，發現塞妮絲從馬車上站了起來。

愛夏慌張地讓她坐下的時候，她在搖搖晃晃的馬車上不穩地指著某個東西。

她手指的前方，是隻猴子。

哎呀失禮了。是臉長得像猴子的男人。

話說起來，這讓我想到獸族沒有類似猴子的種族。意思是在這個世界猴子反而是很稀有的嗎？

甚至會讓塞妮絲高興得用手指著。

嗯，那隻猴子，好像在哪見過。

是說，那個不是獸族……

「……啊。」

「喔喔！這不是塞妮絲和前輩嗎！你們怎麼會在這種地方！」

根本是魔族（基斯）啊。

★　★　★

「哎呀～沒想到居然會在這種地方遇見你們。」

基斯看到我們的身影後，立刻就跳上了馬車。

簡直就是毫不客氣。隨便到就像是在說這是自己的馬車。

「偶然還真是可怕啊！是說你們怎麼會來這裡！」

基斯遇見我們似乎感到非常開心。

他笑容滿面。看他這麼開心，我也覺得很開心。

「一半是工作，另一半是為了家裡的事。」

「這樣啊這樣啊，順帶一提啊，我可是度過了可歌可泣的——」

明明沒有問，基斯卻自顧自地說起在夏利亞道別之後的事情。

基斯、塔爾韓德、維拉以及雪拉四個人按照預定抵達了阿斯拉王國。

他們在當地變賣吸魔石，獲得了莫大的財富。得到這筆錢的維拉與雪拉從冒險者引退。

後來她們似乎回到了自己原本居住的城鎮。儘管不清楚後來的狀況如何，但既然手邊有錢，應該是開始經營某種生意吧，基斯這樣說道。

好啦，至於基斯，不知道該說是不是在預料之中，總之他沉迷於賭博。

雖然我不太清楚，但阿斯拉王國似乎有條賭博街，聽說他老是泡在裡面。

雖然基斯自己原本就是個賭徒，但好像是手邊有一大筆錢後導致精神鬆懈了下來。聽說基斯到手的鉅款在短短幾個月就輸得精光。

「哎呀，當時真的很危險啊。身上穿的也全被扒光，可說是只剩下拿命去賭的狀態。」

要是再繼續賭下去，恐怕他已經被灌進水泥沉到海底了吧。

出手幫助他的人是塔爾韓德。

他當時想說差不多該出發前往下一次冒險，來向基斯打聲招呼，結果遇上了那個場面。雖然他感到很傻眼，但還是賣掉剛委託工房訂做的護手救了基斯。
那是使用了吸魔石的護手，而且好像還是把所有財產都投入開發費所製造的。
拜此所賜，兩個人身無分文，所以無法繼續待在物價昂貴的阿斯拉王國，後來才會往南方旅行。
如果是我，肯定不會幫助以這種方式揮霍金錢的傢伙，也不會和他一起旅行，但畢竟塔爾韓德與基斯是老交情，想必也有幫助過彼此吧。
像是塔爾韓德反而曾經被基斯救過之類。
嗯，是友情呢。
於是他們兩個人跳過了感覺很有可能發生內亂的西隆，以及據說與這次內亂有關的王龍王國，直接回到了米里斯。
就像是回到老巢一樣。
後來，聽說塔爾韓德有自己的想法選擇獨自離去，留下了基斯一個人。
據基斯所說，他很有可能是回到了故鄉。
「那個傢伙居然還回什麼故鄉，到底是想怎樣啊？」
基斯喃喃發著牢騷，但我不由自主地能夠明白。
經歷了漫長的旅行之後，偶爾也會突然湧起想見家人一面的心情。
這就是所謂的思鄉病。也就是七星的老毛病。

「基斯不回去嗎？」

「我嗎？別說傻話了。回去那種偏僻又鳥不生蛋的地方，根本一點意思也沒有。」

是這樣嗎？我可是無時無刻都想念自己的家。

希露菲那對摸了之後就會恢復體力的胸部；洛琪希那對摸了之後就能在一定時間內提高幸運值的胸部；艾莉絲那對摸了之後就能讓時間飛逝的胸部。擁有這一切的就只有那個家。

「我記得那個傢伙好像也對自己的故鄉有不好的回憶啊。」

「那麼，或許是為了清算那個不好的回憶才回去的。」

就算過去曾發生過什麼，只要隨著歲月流逝，也會帶來各種變化。

在十幾歲時絕對無法原諒的事情，到了二十幾歲時會變得可以容忍，到了五十幾歲左右，搞不好就會變得無所謂了。

塔爾韓德或許也是因為內心想法跨過了一個階段，才會去重新確認某個東西。

「算啦，總之我就不管塔爾韓德，在這裡重新開始了冒險者事業。」

基斯與塔爾韓德分開後，好像又在這裡重新以冒險者的身分活動。

不過似乎完全賺不到錢。畢竟他是魔族，也沒有戰鬥能力。

「那，前輩又是為什麼來這裡的？」

「因為母親變成了這樣的狀態，所以收到了娘家那邊要求她回來的通知。我想說送朋友過來，順便去露個臉。」

「哦……塞妮絲的娘家啊……」

基斯一臉同情地看著塞妮絲。

塞妮絲的表情雖然和往常一樣呆滯，但心情看起來比平常更好。

想必是因為有基斯在吧。

「嗯，我也聽說過塞妮絲的娘家是什麼樣的地方……我想應該不會太好過喔……」

「……你聽說的傳聞是什麼感覺？」

「詳情不太清楚，聽說是個很死板的家庭。」

基斯聳了聳肩。那種程度的情報在我來之前就已心知肚明。

不過，也只能去了。

「哦，馬上要到區境了嗎？抱歉，先停下來。要是魔族的我要是踏進神聖區，肯定會吃一頓苦頭呢。」

聽到基斯這麼說，我停下了馬車。

基斯立刻輕盈地從馬車上一躍而下。

「那麼，既然你們還會繼續在這待上一陣子，應該還會再見面吧。保重啦，前輩。」

基斯邊揮手邊往小巷走去……走到一半卻又轉過身子。

「前輩！我可以問一件事嗎？」

「什麼事？」

「你還記得保羅在那個迷宮說過的話嗎？」

在迷宮說過的話。雖然想得到很多，但是有一句印象特別深刻。

恐怕是指那句話吧。

「記得。」

我這樣說完，基斯一臉滿足地點頭，並轉過身子。

突然遇到的熟人，就這樣突然地離去。

應該真的是偶然的相遇吧。

不過，雖說是偶然，但在令人緊張的時刻能遇到熟人還是很開心。

我一邊這樣心想，同時踏入了神聖區。

★ ★ ★

抵達克里夫家的時候，太陽已經下山。

克里夫家比想像中還要普通。是普通的獨棟房，適合給一家三口到四口居住，整體看來小巧玲瓏。

與隔壁的住家看起來相去無幾……正確來說，座落在神聖區的都是相同形狀的房子。

說是教皇的家，原本我預期會是類似愛麗兒家那種水準，實在是跌破眼鏡。

「房子意外小呢。」

「在教團總部工作的所有聖職者，都是分配這種住家。不過，祖父在總部那邊也有自己的房間，所以不會用到這個家。」

克里夫對我失禮的低喃沒有感到不滿，而是幫我說明了原因。

簡而言之，就是所謂的員工宿舍吧。

「謝謝你送我回來。畢竟天色也晚了，就在這住一晚吧。」

聽到克里夫的提案，我快速地思考狀況。

塞妮絲的娘家位於居住區。換句話說，現在過去還得花上一段時間。

要是太晚造訪感覺會打擾到對方。穿著旅行的打扮去拜訪，給人的印象想必也不太好。

雖然也可以到冒險者區找間旅社，明天再鄭重拜訪……不過這樣得多費工夫。

「說得也是，那就打擾你了。」

我決定接受克里夫的提案。

卸下行李後，我麻煩克里夫讓我將馬帶到馬廄，將馬車放進倉庫，其他成員則趁這段時間將行李搬進裡面。不過當我打算操縱馬車的瞬間，從門內突然冉起類似白煙的物體。

「哈啾！」

一股刺鼻的味道傳到鼻子，讓愛夏打了個可愛的噴嚏。

「咳咳……真誇張啊……爺爺好像都沒來打掃過……」

克里夫拿布遮住了口鼻一帶，同時發了個牢騷。

或許是覺得克里夫還不會回來，所以才放著不管。

不管怎麼樣，家裡面似乎滿是塵埃。

「雖然算不上讓我們住下來的謝禮，但起碼可以幫忙打掃……愛夏會處理的。」

「嗯，不好意……咦？」

「咦？我？」

愛夏突然大喊一聲，塞妮絲則是用責備的眼神看著我。

不對，塞妮絲面無表情。只是從視線感覺得到她的想法。

愛夏也別用那種眼神看我啦。我以前曾放妳一個人打掃嗎？有呢。總是如此。一直都在拜託妳。我很感謝妳喔……

「哎呀，當然是開玩笑的啦。我也會幫忙喔。」

「那還用說。」

夜晚的大掃除開始了。

首先把窗戶全部打開，以風魔術一鼓作氣將大部分塵埃吹去室外，再用掃把快速掃過。

接著用抹布沾水只把會用的房間擦過一遍。考慮到好幾年來都沒有使用，床與毛毯也用熱風事先殺菌除蟲。

廚房之類的似乎也相當髒，不過愛夏一個人設法處理好了。

是說，在我和克里夫整理客廳的時候，愛夏就一個人把要用的房間大致清掃了一遍。以平常的三倍速度。是紅色彗星愛夏亞啊。（註：出自《機動戰士鋼彈》的紅色彗星夏亞）

後來，我們用旅行剩下的食材吃了一頓簡單的晚餐。

「克里夫學長，恭喜你順利歸來。」

「還早呢，得先見過祖父才行。」

我們以水乾杯，享用肉乾與湯品。以居家料理來看雖然顯得有些寒酸，但也就這樣吧。畢竟要是剩下一堆食材也很傷腦筋，所以才打算一口氣用掉。

「魯迪烏斯，你們明天怎麼打算？」

「總之會先去拜訪拉托雷亞家。」

「這樣啊。晚上會住在那邊嗎？」

「我想應該是吧。」

就算評價再怎麼不好，畢竟也是塞妮絲的娘家。就算要求暫時讓我們住上一陣子應該也不成問題。因為還得做好設立傭兵團分部的準備，以及觀察克里夫的狀況，要做的事情堆積如山，所以暫時待在拉托雷亞家或許會比較難自由行動……但不去看看也不知道。

不然，乾脆只打聲招呼，到時再找別的地方住也行。

「這樣啊，那就必須僱個擅長家事的人來幫忙呢……」

「不然，就派我家的愛夏每隔幾天就過來一趟吧？」

「不，不用了。畢竟你們也有事情要忙，而且我大概知道要去哪找人。」

克里夫聳了聳肩並這樣說道。

我們借了客房睡覺。

三個人待在並不是那麼寬敞的房間。家族和樂融融，躺成川字就寢。

……本來是這樣想，但我和愛夏的身體都已經是成熟的大人。床本身也很小，沒有讓三個大人並排睡在一起的空間。所以床鋪讓給了塞妮絲，我和愛夏則是躺在地板睡覺。

我拿向克里夫借來的毛毯與床墊鋪好睡覺的地方。

由於地板上鋪著地毯，與在野外露宿相較根本不算什麼。

我將頭靠在枕頭上躺下。

然後，與不知何時在我面前鋪好床的愛夏四目相接。

「嘿嘿，居然和哥哥睡同一張床，要是向希露菲姊說，她應該會吃醋吧……」

「在旅行途中也經常這麼做吧。」

「嗯。但是這樣感覺比較……嘿嘿。」

愛夏或許是覺得在家裡打地鋪擠在一起很開心吧，揚起嘴角笑了出來。

真是可愛的笑容。如果這是希露菲，我肯定會不由自主地性慾高漲，順勢將她抱過來吧。

而且希露菲也會不動聲色地靠到我身上。

不過我對愛夏沒有性慾，她也不會主動往我身上蹭。

我喜歡愛夏，愛夏似乎也喜歡我。

不過，感覺不到所謂的性之欲求。以感覺來說，與對待露西的那種感覺很相像。就是所謂的家族愛。

「突然這樣問有點奇怪，不過莉莉雅小姐從以前就說過的那件事，妳現在是怎麼想的？」

「媽媽以前曾說過的，是指哪件事？」

「像是服侍我之類，做那個還是做那個之類，就是指那類事情。」

聽到我這樣說後，愛夏的表情愣住了。

然後，突然像是陷入沉思似的把手放在下巴。

「嗯~也沒有特別討厭喔……不過，大概，和希露菲姊她們做的那種，感覺，有什麼地方不一樣。是哪裡……哪裡不一樣呢……」

「沒關係，我懂了。也對，有哪裡不一樣呢。」

雖然是很曖昧的對話，但總覺得能了解彼此的想法。

代表我們彼此有著相同的感受。

「呵呵，因為能了解這種地方，所以我最喜歡哥哥了！」

愛夏一邊這樣說著，同時慢慢地往我這邊靠近，讓身體貼在一起。

溫暖又柔軟。真是不錯的抱枕。

「……我總有一天，也會喜歡上某人，想要生個小孩嗎？」

當我正在享受觸感時，愛夏像是突然想到似的這樣說道。

是在說關於「有哪裡不一樣」的內容吧。

「不知道呢。應該會這麼想吧？」

「對方會是什麼樣的人呢……」

愛夏的戀人嗎？

實在無法想像。會是優秀的類型呢，還是不可靠的類型？

如果是愛夏，不管是什麼樣的對象都能合得來吧，只是愛夏似乎不會喜歡上那種非得要去迎合的對象。

愛夏平常來往的人是哪些人來著？

傭兵團……有很多獸族啊。要把愛夏交給那群像野獸一樣的傢伙？

我才不會把妹妹交給來歷不明的獸輩！

只要問一下奧爾斯帝德，應該就能知道愛夏會跟什麼樣的對象結婚……算了，還是別問好了。要是聽到她會一輩子單身，感覺會很可憐啊。

啊，對了。

睡前先確認一下吧。

「愛夏，明天我要帶母親回娘家一趟……妳打算怎麼辦？」

「……」

愛夏在我的手臂裡扭動，拉開了距離。

她回到了原本的位置。

「我會去。因為媽媽已經再三拜託我了。」

「這樣啊……」

「嗯。」

聽到愛夏如此堅決的回答，我也放心了。

明天要去塞妮絲的家拜訪。

雖然我想在那把話說清楚，建立好彼此的關係，但要一個人去那種重視禮儀規矩的家裡，再怎麼說都會感到不安。

「那麼，暫時就拜託妳了。」

「知道了。交給我吧。」

「真的是，幸好有妳在。像今天的打掃也是，謝謝妳……那麼，晚安。」

「嗯，不用客氣…………晚安……呼啊。」

我一邊聽著愛夏充滿睡意的聲音，一邊閉上了眼睛。

第八話「拉托雷亞家」

塞妮絲的娘家很大。該說就和預料中一樣嗎？

巨大的正門、聳立在正門兩側的獅子雕像、從正門連接到入口的長長石板道路、在步道途中的噴水池、被修剪成奇怪形狀的草坪，以及座落在深處，潔白美麗的宅邸。

給人的感覺……儼然就是貴族的家既有的傳統印象。

場所位在居住區的貴族街，而且是在裡面特別高貴的人家宅邸並排的場所。與阿斯拉的貴族街氛圍有些相像。

話又說回來，這棟房子實在很大。克里夫家雖然讓我有點失望，但塞妮絲家就如想像中一樣。

不過，我在阿斯拉王國也有一棟這種類型的房子。

因為是愛麗兒給我的，所以並不值得拿來炫耀，不過是與這裡差不多大小的宅邸。儘管這邊擁有一股莊嚴的氛圍，但以氣派來論應該是相同等級。

所以沒有什麼好怕的。我可沒有發抖喔。

「唉……」

愛夏在旁邊嘆了口氣，一臉不悅地望著宅邸。

現在，我們正站在門口等待。我身上穿的是從家裡帶來的貴族風格服裝，愛夏穿著女僕裝。然後，還有與我一樣穿著貴族風格服裝的塞妮絲。

我們向站在入口疑似衛兵的人物要求幫忙傳話。原本打算把信給他看，但衛兵一看到塞妮絲的臉後就立刻衝進了宅邸。

現在還沒有回來。

「那個，哥哥，先給你個忠告，外婆這個人超級討人厭的喔。」

「我已經聽過好幾次了。」

真是可怕的忠告。

不過，我認為自己對討人厭的傢伙很有抵抗力。畢竟我自己生前就是最差勁的傢伙。和當時的我相較之下，大多數的傢伙都在容許範圍。

所以應該不要緊。

哪怕她是超出我忍耐極限的傢伙，只要聊一下塞妮絲的近況，至少也能一起為此難過。或許沒辦法讓彼此關係更進一步，但光是這樣也很足夠。

「啊。」

當我胡思亂想的時候，從宅邸的方向有一群男女氣勢洶洶地走過來。

不只是剛才的衛兵。甚至還有女僕打扮與管家打扮的人物。總共十二名左右朝著我們快步走來。

女僕站在門前，沿著道路邊排成兩列；管家站在正面，挺著身子面對我們站著。這是在有錢人家類型的漫畫經常看到的「迎賓陣形」。

在阿斯拉王國也常常看到這種畫面。

衛兵打開門後，管家深深地一鞠躬。配合他的動作，女僕也低下頭。

「塞妮絲大人。歡迎回來。我們所有人都由衷恭候著您的歸來。」

他們朝著塞妮絲低下頭。

但是，塞妮絲卻是一如往常，臉上掛著恍惚的神色，沒有將他們放進視線裡面。

「那麼，魯迪烏斯大人。大夫人正在等您。請往這邊。」

「是。麻煩你了。」

管家對此並沒有在意，向我行了一禮後，便為了帶路而轉過身子。

沒有對愛夏說任何一句話。八成是把女僕打扮的人當作女僕來對待吧。那麼，我應該要讓愛夏穿上其他衣服才對。有我妹妹風格的打扮。像是輕飄飄的禮服之類。

我一邊胡思亂想，一邊通過了漫長的通道，從玄關進入了宅邸。

裡面果然擺滿了高級的家具。雖說無法與阿斯拉王城及佩爾基烏斯城相提並論，但品味並不差。

「那麼，請在此稍候片刻。」

我們被帶到的地方，就是所謂的接待室。
面對面而坐的沙發，擺放在房間一隅的花瓶。站在房間角落的女僕……
剛才雖然說大夫人正在等我，卻沒有看到她的身影。
應該是指在等我們旅途結束的意思，現在她正在做出面迎接的準備。
總而言之，我先讓塞妮絲坐了下來。然後自己也坐在她的旁邊。
我不經意地一看，愛夏正站在椅子旁邊。
「愛夏也坐吧。」
「咦？可是，我認為站著會比較好……」
「妳是我妹妹，在這裡應該也算客人。坐吧。」
「……嗯。」
聽到我這句話，愛夏在塞妮絲旁邊坐下。
「……」
我們三個人就這樣不發一語地等著。
這種感覺，會讓我想起去菲利普那邊面試時的事情。
當時紹羅斯突然出現，一陣大呼小叫之後就回去了。
真懷念。如果能像當時那樣讓事情圓滿進行就好了……
紹羅斯那時是怎麼做來著？我記得是率先報上姓名打招呼。我當時認為不管在哪個世界，先報上名號應該都是一種禮儀才那麼做。這次也如法炮製吧。

「大夫人，這邊請。」

就在我做好這個打算的時候，門打開了。

走進裡面的是白髮中混著金髮，感覺很神經質的老婆婆。然後，還有穿著類似白袍，一名中年肥的鬍子男。

至於誰才是大夫人，不用問也知道。

我立刻挺起身子，將手靠在胸口輕輕點頭致意。

「初次見面，祖母，我叫魯迪烏斯．格雷拉特，今天──」

「……」

外婆連看也不看我一眼。

她直接從向她打招呼的我旁邊走過，然後移動到能看見塞妮絲的臉的位置。

然後，停在了保持一步距離的位置，目不轉睛地盯著塞妮絲的臉。

感動的重逢……我原本是這樣想的，只是克蕾雅的表情卻很冷淡。

過了一會，克蕾雅呼了一聲吐了口氣，以近似冷漠的聲音這樣說道。

「確實是我女兒。安得爾，麻煩你了。」

聽到這句話，鬍子男動了。他從我旁邊穿過，抓著塞妮絲的手讓她站了起來。

然後，用手觸摸她空洞的臉……

「請等一下，你突然做什麼啊？」
我慌張地插話。
「噢，還沒自我介紹。在下是克蕾雅夫人的主治醫生。名叫安得爾・巴克雷。」
「感謝您禮貌的回應。在下是魯迪烏斯・格雷拉特。請問你是醫生嗎？」
「是的，今天是幫克蕾雅夫人看診的日子，她說剛好可以讓我看一下她女兒……」
原來如此，是這麼回事啊。
克蕾雅外婆是因為看到塞妮絲有點著急了呢。我懂我懂。
「既然這樣，那母親就——」
「是誰告訴妳可以坐下來的！」
麻煩你了，當我打算這麼說的瞬間，從背後傳來了斥責的聲音。
我背脊一震猛然轉向後方，發現愛夏正慌張地從沙發挺起身子。
「區區女僕，竟然在主人起身的時候依舊坐著！是誰這樣教妳的！」
「非……非常對不起。」
愛夏以快哭出來的表情低下頭。
不對不對，等等等等。為什麼會變成這樣？先等一下。
步調太快了。為什麼無視我？我可是會哭的喔。
「是我叫她坐下的。」

我以強硬語氣這樣說完，克蕾雅才緩緩轉向這邊。啊，糟糕。本來還想裝文青稱自己「在下」的……算啦，不管了。

「雖然穿著女僕裝，但她是我的妹妹。只是為了照顧母親才讓她穿方便行動的女僕裝，要是妳把她當女僕對待會讓我很困擾。」

「服裝代表的是這個人的身分。在我家穿女僕裝的人就會視為女僕對待。」

就算有這樣的家規也一樣。

「那麼，會怎麼對待穿著像我這身衣服的人？」

「當然，會以相符的方式對待。」

「那無視穿著這種衣服的人，就是這個家的做法嗎？」

我邊說邊攤開雙手，低頭看著自己的衣服。應該不是奇怪的打扮……才對。這套衣服是在哪買的來著？我記得是在夏利亞……還是該穿在阿斯拉王國買的比較好嗎？不過那是派對時穿的……

「不，我之所以無視你…………是因為一名陌生的男子突然稱呼我為祖母的緣故。畢竟這幾年也出現過那種類型的詐欺師。我判斷直到確認真假之前，不值得回答你。」

「……原來如此。」

算了，畢竟這麼大的家，要是有個女兒離家出走，自然會出現主張有血緣關係，試圖混進來的傢伙出現吧。我雖然先打了招呼，卻沒有出示任何能表明身分的物品。這套服裝上面也沒

有特別繡上格雷拉特家的徽章。只要有心準備，不管在哪都能先準備好才對。

她這番論點……也不是不能說合乎邏輯。

「塞妮絲是本人。我對站在那邊的愛夏也有印象。倒是你，有什麼證明是我孫子的證據嗎？」

證據嗎？就算說要證據也……我帶了塞妮絲與愛夏過來，而且手邊也有信。

除此之外的東西……不對，為什麼我非得拿出證據不可？

「有必要嗎？」

「你說什麼？」

「我帶著母親……塞妮絲以及愛夏來到這裡，而且手邊也有妳寄來的信。難道還需要其他證據嗎？」

我說完後，克蕾雅挑了一下眉毛。

「那麼，我無法承認你是拉托雷亞家的一員。」

「無所謂。我是格雷拉特家的人……而且是當家，今天也是第一次跨進這個家裡面的大門。我不打算主張自己是拉托雷亞家的人。」

我是有打算討好她的想法。

也算是為了傭兵團。

但是，既然對方對我有戒心，就不需要把那種心情表現出來。畢竟首要的目的是讓塞妮絲回到故鄉。

克蕾雅或許是覺得這個狀況很沒意思，她一邊抖動著眉毛一邊瞪視著我。

「你身為格雷拉特家的當主，看起來還真是膚淺呢。格雷拉特是阿斯拉四大領主之一……拉托雷亞家雖說是名門，但終究只是伯爵家。而且你竟然不是對伯爵本人，而是對伯爵夫人率先低頭報上姓名……」

「我雖然流著阿斯拉四大領主的血，但不是領主的直系，況且我根本沒有貴族的爵位。剛才雖然說是當家，但也不過是住在夏利亞的普通家庭的一家之主。不過，假使我真的擁有高貴身分，與自己祖母初次見面時要恭敬有禮，我想這也是理所當然。」

「……哦？」

我這樣說完，感覺克蕾雅的視線變成了輕視的眼神。

不對，或許是我的錯覺……不過話說回來，這個人是以家世為優先的人嗎？如果是就麻煩了，姑且先牽制一下吧。

「儘管我沒有貴族的爵位，但是我與去年在阿斯拉王國加冕的愛麗兒陛下有個人私交，而且我本身也是七大列強第二位『龍神』奧爾斯帝德大人的屬下。希望妳別過度輕視我。」

雖然被她小看也沒關係，但畢竟愛夏剛剛才被那樣對待。

至少先表明彼此好歹是對等關係，或是與那相近的立場吧。克蕾雅聽到我這番話，將嘴巴抿成一條直線，並抬起下巴。

就像是在估價那樣目不轉睛地看著我。

「這個就是我身為龍神屬下的證據。」

我秀出有龍神徽章的手環。

克蕾雅看了那個幾秒鐘後，向不知何時站在她身旁的管家小聲地問了幾句。管家點頭。我聽到他說「確實是龍神的——」。雖然我認為不算很有名，但那個管家好像知道龍神的徽章。

要是他說這種東西隨便都能偽造……那可就傷腦筋了。

「原來如此……我明白了。」

克蕾雅這樣說完，緩緩收起下巴，將雙手放在腹部一帶併攏。

「我的名字是克蕾雅．拉托雷亞。是神殿騎士團劍組『大隊長（Large leader）』卡萊爾．拉托雷亞伯爵的妻子。現在負責管理這棟宅邸。剛才諸多失禮之舉，還請多多包涵。」

或許是因為我證明了身分，還是我的態度跨過了某個門檻嗎？

雖然不知道，但克蕾雅在低頭的同時，也向我鄭重道歉。

不過話說回來，神殿騎士團的「大隊長」啊。

塞妮絲的妹妹特蕾茲也是隸屬神殿騎士團，看來這家人與神殿騎士團的關係匪淺。

「那麼，容我重新自我介紹。我是魯迪烏斯．格雷拉特。是保羅．格雷拉特與塞妮絲．格雷拉特的兒子，目前在『龍神』奧爾斯帝德大人的麾下工作。請不要介意剛才的事。我也有準備與考量不周的地方。妳會起戒心也是理所當然。」

雙方互相低頭，這件事到此告一段落。

呼。這下似乎可以喘口氣了。只是打聲招呼就繞了這麼大一圈，不過這樣一來應該能順利進行了吧。

「那麼，來，請坐。」

「是，失禮了。」

我依言坐在沙發上。

「首先辛苦你長途跋涉。我原本以為還要再花上幾年時間，感謝你迅速做出應對。」

克蕾雅這樣說完後輕輕拍了手，門應聲打開。

從門口走進了拉著手推車的女僕。放在手推車上的是茶具組。

要開茶會嗎？好啊。讓妳見識我在空中要塞鍛鍊出來的品茶技能。

還有，在那之前可以先讓愛夏坐下嗎？她不是女僕，是我妹妹。如果不把她當成客人招待會讓我很困擾的。不然，我也必須從這點開始主張自己的立場才行。

「愛夏也坐下吧。」

「咦？可是……」

「今天妳不是女僕，而是以我的家人身分來的，坐吧。」

愛夏一邊偷瞄克蕾雅的方向，同時緩緩地沉下腰。

克蕾雅對此默不吭聲，只是挑了一下眉毛。看來姑且算是允許了。這也是理所當然，不論她允不允許，愛夏都是我家的人。

我偷偷朝塞妮絲的方向瞥了一眼。醫生似乎還在幫她診察。正在看著舌頭還是眼睛之類的地方。不過，就算看了那些部位，我想也不會有什麼作用……

不過以克蕾雅的立場來想，與其聽別人說塞妮絲無法恢復記憶，還是交給自己信賴的醫生檢查之後才願意相信吧。

「母親她……雖然我為了治好她試過了各種努力，但始終還沒有起色。」

「……在偏遠的鄉下地區，能採取的手段想必也有限吧。」

哎呀這句話真令人火大。妳說咱的村子是鄉下嗎！

……不過啊，我也事先料到會被說這種話了。

這種程度還在預測的範圍內。

「夏利亞與米里斯相較之下，治癒魔術的發展確實比較落後……但負責幫母親診察的可是精通世界上所有魔術的奧爾斯帝德大人，以及熟知轉移與召喚領域的佩爾基烏斯大人。」

「佩爾基烏斯？那個三英雄的？……實在是令人難以相信呢。」

我想也是。我也知道她不會相信。但我也不可能因為這樣帶他過來。畢竟我現在也只是狐假虎威罷了。

算了，原本就打算要在米里希昂待上幾個月。想必克蕾雅在這段期間也會領悟到要治療塞妮絲是不可能的。不過要是嘗試太誇張的治療方法可就傷腦筋了……

「話說……諾倫現在在做什麼？」

我原本打算再稍微針對這部分商量一下，結果突然就換了話題。諾倫啊。

「她目前在拉諾亞魔法大學就讀。由於學業方面十分忙碌，所以讓她留在家裡。」

「這樣啊。我以為她是個做事不太懂要領的孩子，有好好在努力嗎？」

「是的。她現在是學生會長，站在學校的頂點。」

我稍微講得有些誇大，然後克蕾雅擺出了很意外的表情。想必在她心中，諾倫是個非常不成材的孩子吧。算了，要是與愛夏比較是會這樣想沒錯。

「這樣啊……那麼畢業後有什麼打算呢？」

「似乎還沒有決定。」

「婚事呢？」

「她似乎與感情世界無緣。」

我說完這句話，克蕾雅皺起眉頭。難道我說了什麼惹她不開心的話嗎？

「那麼，畢業後就把她帶過來。」

一種不由分說的命令語氣。

她想必沒有考慮到從這裡到夏利亞的距離吧。明明往返可是要花上好幾年耶……

算了，實際上我會使用轉移魔法陣，所以一週就能往返。

「這是沒問題……」

「在拉諾亞王國那種窮鄉僻壤想必也不會有什麼滿意的對象吧，由我來妥善安排。」

嗯？這是什麼意思？安排？

「妳的意思是，要讓諾倫和某人結婚嗎？」

「正是。既然她沒有將來的打算，當家也沒幫她談婚事，就由我來關照吧。」

「不不不，請等一下。這種事情應該要問過諾倫的意見……」

「你在說什麼？讓家裡的女性結婚，也是當家的職責吧？」

……咦？是這樣嗎？

我這樣想著，轉頭望向愛夏，然後她聳了聳肩。態度就像是在說「不是這樣嗎？」。在這個米里斯神聖國的貴族之間，那說不定算是常識。

沒錯，說得也對。

就算是在前世，也有父母決定孩子結婚對象的世界存在。

只是我自己覺得奇怪，但這種想法卻意外地普遍。

不過，我家沒有這樣的規矩。

如果諾倫說「我想結婚，哥哥去幫我找個人回來」，我倒是會辦一場聯誼。如果不是，我會想讓她自由生活。

「諾倫的事情，會由我負起責任照顧到最後。」

先這樣說比較好吧。

「這樣啊，我明白了……畢竟你是當家，可要振作點啊。」

上對下的斥責。她從剛才開始就常常以這種口氣講話。

應該說可以感覺到她很瞧不起我嗎？不過，冷靜點。還在預料之內。畢竟我已經知道她是個討人厭的對象。更何況彼此的常識就有差異，所以對這個部分提出反駁也只會吵架而已，是平行線。

今天彼此都是第一次見面。首先必須要從了解對方開始才行。

之後再提出要求。

「——似乎結束了呢。」

當我在深呼吸的時候，安得爾先生將塞妮絲帶了回來。

愛夏立刻挺起身子，協助塞妮絲在沙發上就座。

「如何？」

「身體非常健康。看起來比我聽說的年齡還要年輕。」

他這麼說呢。太好了塞妮絲。他說妳明明沒有裝年輕看起來卻很年輕耶！

……不對，相反嗎？我應該覺得不安比較好嗎？

難道說是詛咒的影響……之類的？

「我想向家人問幾個問題，方便嗎？」

「當然，請儘管問吧。」

「那麼——」

提問的內容相當廣泛。

像是平常吃些什麼，量大概多少，運動到哪個程度，是否有每月例行的那個。從類似這些健康方面的問題，到生活上可以自理到什麼程度，平常的舉動會不會傷到自己這類有關精神方面的問題。

他的提問很有醫生的風格，我也老實逐一回答。偶爾會有不知道的地方，就由愛夏補充。要是莉莉雅在，肯定能更詳細地說明，但既然不在也沒辦法。

「原來如此，我明白了。」

安得爾將提問的內容詳細紀錄起來，並點了點頭。

然後，他走到克蕾雅身邊，開始交頭接耳地商量了些什麼。

「如何？」

「這個嘛。我想只要派一名負責照顧的女僕在旁邊看著，應該是不成問題。沒有生病也沒有受傷。精神似乎也很穩定。」

「小孩呢？」

「由於有月事，我想應該有辦法生育……只要派幾名女僕貼身照顧應該是可能的。」

「很好。」

是哪一點好啦？感覺不是讓人覺得舒服的話題……

「這段話聽起來，簡直像是要讓我母親再婚呢。」

我原本是以開玩笑的口吻這樣說的。

但是，克蕾雅卻以冰冷的視線回應我。

是一種冷淡且強而有力的視線。從眼神當中，可以感覺到一種不容分說，強迫的意志。

「……在這個米里斯神聖國，女人的價值就在於有無辦法生育。要是不能生孩子，也有可能不被視為人類看待。」

麻煩稍等一下。不否定的意思是……騙人的吧？

不對，冷靜點。她雖然沒有否定，也沒有肯定。她只是在說這個國家的常識。

儘管我不認為會有沒辦法生子就不被當人看這種蠢事，但這種類型的老婆婆一旦自己這麼決定，就會深信這是事實。

「噢，對了。你們幾個，去跟教皇派的神父斷絕關係。」

「……咦？」

「我知道你們與教皇派的神父關係相當親密。」

又再次突然地轉變話題，讓我摸不著頭緒。

之所以沒辦法掌握對話的主導權，是因為克蕾雅從剛才開始就一直用強硬的語氣嗎？

還是說，是因為我先打招呼才失敗的？

我選錯方法了。

往。」

「確實，我和克里夫的關係很好……只是，為什麼有斷絕關係的必要？」

「因為，目前拉托雷亞家是以樞機卿派的身分行動。我們不允許底下有人與教皇派的人來往。」

所謂的樞機卿派，就是排斥魔族的派系嗎？現在的領導人恐怕是樞機卿吧。

「可是……我本身並不打算支持教皇派，這點程度應該沒關係吧？」

「不，不准。既然你要待在這個家裡，就麻煩你遵守這個家的規矩。」

唔——嗯——

嗯，的確。要是克里夫站穩一定程度的地位，我就會去支持教皇派了嘛。

如果她是明白這點才說這種話，我倒也明白這是一種手段。

但感覺不太像啊……

「克里夫在學校很照顧我，諾倫應該也受過他的關照……最起碼可以作為朋友來往吧？」

「不行。如果你無論如何都要與教皇派的神父來往，就不准你待在這個家裡——」

不行啊。好吧，我明白了。那就算了。總之今天就找其他地方過夜吧。

很好，沒問題的。我沒有生氣。我沒有生氣喔。

我很冷靜。我可是態度冷靜，才智過人的魯迪烏斯。

不用緊張。我已經聽說克蕾雅是這種人。事前也做好心理準備了。

雖說她甚至還管起我本身的交友關係是有點令人出乎意料……但我們就是水與火，無法相容。僅此而已。
總之別跟她吵起來，現在要慎重地問候她，然後離開這個——
「——把塞妮絲留下，快點離開吧。」

思考停止了。

「以後姑且會允許你踏進這個家門，但頂多是視為外人——」
「妳說留下？這是什麼意思？」
我說出口的話，是對前一句話的回答。因為我有幾秒鐘失去意識。
克蕾雅把話打住，然後凝視著我，她在露出冷淡眼神的同時這樣說道：
「既然成了這副德性，自然沒有其他選擇。就算是這種東西，只要還能生育，至少還有結婚這個用途。」
我的嘴巴很乾。視線邊緣籠罩著一層黑色物體。簡直就像是在黑色的濃霧當中。
「……」
某個人大喊說：「妳在胡說八道什麼啊！」
是我。是我在大喊。
不對，剛才講的只是常識而已吧？難道妳是講認真的？這樣。

只不過我沒有說出口。只有嘴巴在一開一闔而已。

「我會讓這孩子與樞機卿派的貴族結婚。雖說應該會離婚不少次，但不成問題。」

她要讓甚至無法表達自己意願的人，跟某個人結婚。

把自己的女兒，稱為「這種東西」。當成物品看待。

「身體還很健康，算是不幸中的大幸呢。」

我從來沒有聽過血管爆開的聲音。

不可能聽得見。因為那種說法不過是種比喻。惹艾莉絲生氣的時候雖然曾經有過類似的幻聽，但基本上在那之後會馬上昏迷，所以記不太清楚。

所以，今天還是我第一次聽到自己血管爆掉的聲音。

★
★
★

回過神來，我已經牽著塞妮絲的手走在夕陽底下。

其實，我記不太清楚自己在那之後說了什麼。

雖然我記得自己有大聲怒吼，內容卻很模糊。

毫無疑問的，我飆出了平常不會說的怒罵。

我記得克蕾雅睜大雙眼。

也記得女僕們探出頭查看發生了什麼事。

也記得在我宣告要帶塞妮絲回去，拉著她的手讓她站起來的時候，克蕾雅說了一句：「不可以，如果塞妮絲意識清醒肯定也會這麼說。」

這句話對我的內心火上加油，憤怒到失去理智的我握緊拳頭打算使用魔術。

我記得很清楚。

此時，聽到愛夏喊出「上啊哥哥！」的聲音，稍微恢復了一點自我。

後來克蕾雅叫來了衛兵，我將衛兵全部打跑，說要與拉托雷亞家斷絕關係，就這樣迅速離開。

「呼～……」

不知不覺間，我們已經來到了與神聖區的邊界。因為滿腔怒火，感覺現在視野正在天旋地轉。回想起來還是很令人不爽。我沒有想到會聽到噁心的話。

啊啊，可惡。什麼叫不幸中的大幸啊。

要是沒來就好了。我根本不想聽到那種話。

搞什麼啊。那個自我中心的老太婆。

該怎麼說，一開始打招呼被無視就算了。畢竟突然被陌生的男人叫一聲祖母，肯定只會覺得很莫名其妙。

要幫諾倫找個老公這件事我也能理解。而且就算在前世，我也聽說過名門就是會有這樣的習慣。會以他們的常識來行動。

嗯。我懂。

但是，塞妮絲不行吧！

她可是喪失記憶，連生活都沒辦法好好自理。為什麼，還會想要把這樣的她，擅自嫁出去啊！

而且還說什麼身體很健康？因為有月事所以能生小孩，是不幸中的大幸？

是要讓結過婚的塞妮絲在白天受別人看護，晚上給結婚對象抱的意思嗎？

我啊，可是知道那個叫什麼喔。就是充氣娃娃。

而且要是懷孕了該怎麼辦？能生嗎？妳以為有辦法生嗎？

就算能生下來好了，那塞妮絲的意願在哪？

我的感受呢？妳有想過被留下來的其他孩子有什麼樣的感受嗎？

把別人的母親當成什麼了！把自己的女兒當作什麼了！

而且用途又是什麼意思！

是當作道具嗎？

生育的機器嗎？

開什麼玩笑！

好久沒有這麼憤怒了！

什麼克蕾雅啊！

去做妳的奶油燉菜啦！（註：出自「クレアおばさんのシチュー」，日本一款奶油燉菜的名稱）

「呼…………」

或許是因為最後講了奇怪的單字，稍微冷靜下來了。

與此同時肚子也咕嚕咕嚕叫了出來。話說回來，肚子餓了呢。畢竟白天什麼都沒吃。

想吃點燉菜以外的東西。

「哥……哥哥……」

我聽到呼喚後回頭望去。

愛夏忸忸怩怩地站在眼前。擺出了一副不知道該說什麼才好，有點困擾的表情。

「愛夏。」

我立刻默默地伸出一隻手，抱緊了她。

她沒有抵抗，而是順勢縮進我的懷裡。

我終於了解愛夏以及諾倫，甚至連莉莉雅都會支吾其詞的理由。

也對。的確是不會想和那種人見面。雖說我不知道愛夏與諾倫過去在成長的環境中被那個人說過什麼，但肯定是難受的回憶吧。

「對不起。還把妳帶來。」

「不……不會。沒關係。可是，那個，沒有打好關係呢。」

關係？米？稻米？

人際關係。（註：日文的「關係」簡稱與「米」類似）

噢，對了。為了成立傭兵團，原本還想說有機會的話就借用拉托雷亞家的力量。

「沒關係。根本不需要去借助那種人的力量……」

去找別的管道吧。不然就拜託克里夫，看能不能幫我引薦給他的爺爺……

雖說克里夫的臉色也許會不太好看，但是這樣可以報復克蕾雅。

如果那邊也不行，就只能在不靠關係的狀況下試試看了。

不管怎麼樣，今天已經累了。回去休息吧……

啊，就算要回去，也沒有可以過夜的地方。要是現在到冒險者區投宿，抵達時也已經深夜了，讓塞妮絲走到那邊也不太好……

好。再去克里夫那邊麻煩他讓我們住一晚吧。

我這樣想著，回到了克里夫的家。

第九話「米里斯教團總部」

結束與克蕾雅的會晤後，頹喪消沉的我回到了克里夫家。

然而在我的眼前，卻出現了難以置信的光景。

沒想到，克里夫居然在家裡和陌生的女性抱在一起。

是個感覺很樸素的女性。有著一頭明亮的栗子色短髮，臉上長著雀斑，身高也不高。雖說以整體來看算瘦，但或許是因為給人的印象呆愣，看起來有些顯胖。

和艾莉娜麗潔完全不像。

如果要把艾莉娜麗潔比喻成發情期的貓，她就是結紮過的狗。當然，我從來沒見過。

不會吧克里夫學長。怎麼會，總是對我耳提面命的人竟然……之所以沒帶艾莉娜麗潔一起來，就是為了跟那個人見面嗎？你和艾莉娜麗潔只是玩玩的而已嗎？雖說她是個好色之徒，但你們連孩子都生了……真正的心上人卻在其他地方嗎？

快告訴我這是騙人的啊克里夫學長。

繼拉托雷亞家之後，就連克里夫學長都這樣，我會再也沒辦法相信任何人啊。

啊啊，混帳，愛到底在哪。希露菲、洛琪希、艾莉絲。誰都好，快來抱著我向我傾訴愛意。這樣一來，我就能稍微再努力一下。

「啊，魯迪烏斯，你來得正好。可以幫我拿一下那個櫃子上的箱子嗎？以我們的身高，就算踩在凳子上也搆不到。」

「啊，是。」

在我做著下集預告的這段期間，克里夫與少女分開了。

感覺並沒有面紅耳赤。好像只是在對方快從凳子上掉下來時撐住而已。

「溫蒂，妳的腳有扭到嗎？」

「沒有，不要緊。謝謝你。」

我一邊聽著這樣的對話，一邊從櫃子上把箱子拿下來。

將昨天打掃時沒有掃乾淨的塵埃吹掉，然後交給克里夫。

「不好意思，我想大概在這裡面……好，就是這個。太好了，這樣明天就能設法應付了。」

克里夫從箱子裡面取出了某種類似徽章的東西。

是米里斯教團的徽章。是工作用的道具嗎？

「那麼魯迪烏斯，怎麼啦？今天你們不是要在拉托雷亞家過夜嗎？」

被問到之後，我探出身子。希望今天的事務必要讓克里夫聽聽。

「不，關於這件事呢，請聽我說——」

我讓思考順著憤怒的情緒，鉅細靡遺地向克里夫說明事情經過。

去了拉托雷亞家的事。克蕾雅當時的言行舉止。忍無可忍而動手，從宅邸離開的事。雖然現在稍微冷靜點了，但依舊還是讓我忿忿不平的事。

想起來就覺得火大。

「……唔——」

聽完我這番話，連克里夫也皺起眉頭。

即使是眾所公認的聖人克里夫，聽了剛才說的應該也能理解吧。

「確實，米里斯貴族有由雙親來決定婚事的習俗，也有人主張女性就是得生育小孩……不過讓甚至無法自己說話的人去跟別人結婚，實在是很難以理解。」

「對吧？」

她根本就不是人。是披著人皮的鬼。即使是我也沒辦法幫她說話。不敢相信那種人竟然會是塞妮絲的母親。

神到底在哪啊！魔法都市夏利亞！

「不過，我認為克蕾雅女士或許也有些混亂。畢竟女兒突然變成那樣。以自己的小孩來想像一下……應該能懂吧？」

克里夫就像是要告誡我似的這樣說道。我希望他能跟著我一起生氣。但是，以克里夫的立場來看，他現在只聽了我單方面的說詞。他或許正冷靜地站在對方的角度思考。

我也稍微思考一下吧。

自己的孩子，露西……感覺還很難想像。先假設為諾倫她們好了。

諾倫在成人式的同時出外旅行，想說她好不容易回來了，卻陷入心神喪失狀態。而且帶她回來的，還是她和一個陌生的男人生下的小孩，以及毫無血緣關係的小妾的小孩。這樣確實是會混亂。

會想說必須做點什麼才行……可是。

「要怎麼混亂，才會得到讓女兒結婚的這個結論啊？」

「說不定她是有自己的考量喔？先撇除小孩的問題，只要與貴族結婚，自然有人能照顧她。就算是在自己死後也是。」

我沒辦法這麼想。

感覺上是因為她還有作用，覺得丟掉太浪費所以才想重新利用。

妳可是為人父母。那是好不容易才被帶回來的自己女兒啊。搞什麼啊。可惡！

我想起在宅邸大鬧的時候，克蕾雅臉上的表情。在我用岩砲彈與暴風打倒衛兵的時候，她的表情也是一臉冰冷。那張臉簡直就像是在說自己分明沒有任何不對，這傢伙是在胡鬧什麼。

只不過，現在的我眼睛戴著濾鏡。說不定克蕾雅只是腳軟，臉也僵住了而已。不過就算是這樣，她講出來的話依舊是事實。

「總之，我明白事情的來龍去脈了。我家就讓你自由使用吧。」

「非常感謝。」

「這裡是教皇的所有地，即使拉托雷亞家想要做什麼，他們也沒辦法出手。」

聽到這句話，我才突然會意到自己沒有考慮過拉托雷亞家會採取什麼手段的可能性。

我與克蕾雅決裂了。已經不會再見到面。

雖然我這樣想，但對方或許不這麼認為。為了奪回塞妮絲，也有可能會採取某種手段。那麼，是不是讓塞妮絲回去夏利亞比較好呢？

「況且，要是才剛回到故鄉就得馬上回去，妳的母親也很可憐吧。」

「唔。」

米里斯是塞妮絲的故鄉。這麼一說，我才發現她應該也想再多逛逛才對。

我也希望找個空閒的時候，能帶她到各個地方走走。

「可是……」

「你出門的時候，交給溫蒂來照顧她就行了。她這個人雖然有些冒失，卻很值得信賴。」

說完這句話，克里夫望向我陌生的女性。

「……克里夫學長，她是？」

「噢，抱歉。我忘記介紹了。她叫溫蒂。要說的話……對了，就像是你和希露菲之間的關係。」

「原來如此，完全明白了。」

我和希露菲的關係……原來如此，是這麼一回事啊。謎題全都解開了。

爺爺的名字永遠只有一個。（註：出自《名偵探柯南》與《金田一少年事件簿》的台詞）

「我會對艾莉娜麗潔小姐保密的。」

「不對等等，你先等一下，別自己亂下結論，不是你想的那樣。」

克里夫慌張地幫我說明。

聽說今天他去教團總部辦理手續，同時也為了今後生活調度了所需的物品。

而其中之一，似乎就是要僱用幫傭。

此時，克里夫前往了自己從前曾生活過的孤兒院。在孤兒院裡會教導他們家事以及做菜，來作為孩子們的一種職業訓練。而他就是向那裡募集幫傭。

「溫蒂在裡面最為年長，很快就要到沒辦法住在孤兒院的年紀。當然也不只這個原因，總之她暫時會以通勤的方式來我家幫忙。而且在我這邊處理家事也能成為工作經歷。」

簡而言之，算是以教育實習的方式僱用了她。

曾在教皇的孫子克里夫身邊工作，以經歷來說想必也很值得信賴吧。

對求職很有幫助。

「我叫溫蒂。家事方面都有辦法處理。請多多指教。」

和希露菲一樣。因為他這麼說，我還以為是什麼密不可分的關係，簡而言之，就只是以前曾經玩在一塊的兒時玩伴嗎？

不過，雖然不清楚溫蒂現在幾歲，但是和這麼年輕的女孩在一起難保不會犯下什麼過錯吧？

「……」

不對，克里夫的話肯定沒問題。畢竟又不是我，沒事的。

不管怎麼樣，在跑出拉托雷亞家的當下就已經讓計畫受挫了。

既然事情演變成這樣，最好先讓塞妮絲回家，在那之後再展開行動。

不過，一想到克蕾雅把塞妮絲當作物品，就令我氣憤難平，起碼也要讓她在鎮上到處逛逛……唔——這個想法實在不妥。還是等到克里夫成長，我支援他，完全壓過助拉托雷亞家的勢力後比較妥當。

只是那樣的未來不一定會實現。

「愛夏，妳怎麼看？」

「……咦？」

要是傷腦筋就跟人商量。先聽聽愛夏的意見吧。

「妳覺得該馬上送母親回家一趟比較好嗎？還是說，應該要暫時待在這個家裡，找個時間讓她到鎮上到處逛逛比較好？」

我這樣一問，愛夏就像陷入沉思那般環起雙臂。

然而，她馬上又抬起頭，望向克里夫的方向。

「這個家真的安全嗎？」

「嗯。雖然是間小房子，但拉托雷亞家應該也沒辦法輕易出手，否則會引發嚴重問題。」

「明白會引發嚴重問題，拉托雷亞家依舊選擇出手的可能性呢？」

「理論上幾乎沒有。畢竟他們家也有自己的立場。」

立場啊。那個婆婆既然以家世為優先，想必也會考慮到這個層面吧。雖然她是個既頑固又惹人厭的傢伙，但腦袋看起來並不笨。

「我認為沒問題。」

愛夏維持著環胸的姿勢這樣說道。

「雖然只是大概，但我猜那個家……那個人，對變成這樣的塞妮絲母親，應該感覺不到什麼價值……」

確實。對於拉托雷亞家來說，塞妮絲的利用價值應該很低。就如同克里夫說的，和一名無法說話的對象結婚，這種事情就算是用這個國家的常識去判斷也會令人皺起眉頭。

即使強迫對方接受那種人，這段婚姻所建立的關係想必也會很薄弱。

我有想過她說不定是想取回金援菲托亞領地搜索團的那筆錢，不過如果是這樣，只要提出要求開個價，要我支付也不成問題。

應該不用認為她是基於感情所做的判斷，如果有，就不會像那樣把塞妮絲當成物品對待。

「畢竟她透過這次的事情也理解到了哥哥的恐怖，剛才也沒有派人追上來。所以，我想她對塞妮絲母親並沒有那麼執著。」

嗯，說得也對。

離開拉托雷亞家後，我們其實是悠哉走回來的，卻沒有出現追兵。明明可以通報一聲，讓士兵追上我們才對。雖然不清楚是因為害怕我，還是單純放棄了，但她也知道我與克里夫的關係親密。

雖說不知道她是在哪得到情報的……總之既然演變成那樣，只要稍微想一下應該就很清楚我會逃到這邊，但她卻置之不理。

「如果是在可以馬上出手的地方倒還難說，但既然我們在敵對勢力的地盤上受到保護，我想應該不要緊。」

「原來如此。」

回饋很少，風險很大。這樣一來，實在不太可能會強行把塞妮絲奪回去。

不愧是愛夏。分析得很全面。

「既然這樣，魯迪烏斯。」

此時，克里夫開口插話。

「我明天會去見祖父一面，你要不要一起去？既然與拉托雷亞家發生了糾紛，你今後在這個國家勢必會變得很難行動……你想要建立關係吧？」

「可以嗎？」

「當然，不過祖父願不願意成為後盾得看你的表現。我雖然會介紹，但不會多說什麼。」

「嗯，那是當然。」

克里夫應該不希望我介入才對。我也不打算積極地幫忙克里夫。

雖然不清楚我這個人有多少人認識，但如果介紹一個人，將他拉攏到自己陣營，這麼一來自然會成為克里夫的功績。他似乎就算要扭曲自己的原則，也願意幫我引薦給教皇。

不只是塞妮絲的事情，我也必須要發展傭兵團才行。

有教皇擔任後盾，就能對這兩件事都帶來有效的作用。

當然，沒必要特別讓教皇保護塞妮絲。只要彼此建立了關係，對方自然也不好出手。

「……麻煩你了。」

我在心中如此盤算，然後對克里夫低下頭。

算了，在米里斯還有其他事要做。重新打起精神吧。

★　★　★

隔天。享用完早餐之後，我前往了教團總部。

愛夏與塞妮絲負責看家。

教團總部是顯眼的金色建築物，屋頂上掛著洋蔥。

米里斯神聖國以靜謐為宗旨，放眼望去盡是白色與銀色。在這樣的國家，唯獨這棟建築物金碧輝煌，外觀也是有如小丑般浮誇。擺在上頭的洋蔥實屬品味低劣，老實說非常格格不入。

從遠處來看還好。在白色與銀色之中孤立出來的金色有著畫龍點睛的效果。

但是，近距離一看實在很糟糕。只有這裡是不同世界。

然而，房子的糟糕品味與住在裡面的人是兩回事。畢竟這裡是米里斯教團的總部。

這裡可是聚集了克里夫上位版的場所。儘管建築物看起來品味低劣，但在此處生活的肯定只有聖人……那種事是不可能的，當然我也很清楚這點。

雖然是個人想法，但就算在前世，政治家與宗教家一般來說都是貪財好賄。

想必在這邊的世界也是大相逕庭。

手上的權力大到不需要做表面工夫的那群傢伙，到最後甚至連場面話也不會說。

算了，就算是那樣的一群人，只要在表面上來往的話也是不成問題。

我也要下定決心，銷售自己。

我要好好強調自己與奧爾斯帝德及愛麗兒兩人交情匪淺，讓自己看起來很有分量。

在拉托雷亞家，我感覺這部分並沒有做得很好。也許就是因為那樣才會被克蕾雅小看，演變成那樣的結果。

我很偉大，是個大人物（Big Man）。不是指燒酒喔。（註：指日本公司「オエノングループ」旗下的一項產品）

所以，我今天還特地穿長袍前來。這就是我的正式服裝。

「龍神的左右手」魯迪烏斯·格雷拉特。

我幹勁十足地來到這裡，不料——

「不好意思，不能讓沒有通行證的人進入。」

在某棟建築物的入口被攔下來了。傷心。

「咦？用我的通行許可證不行嗎？我記得以前還可以攜伴進去……」

「從以前開始，就規定只能一個人使用。」

「這樣啊。唔……是因為以前是小孩所以才睜一隻眼閉一隻眼嗎……？」

克里夫看著昨天找到的徽章，擺出了傷腦筋的表情。

那個似乎算是許可證。順帶一提，今天他穿著米里斯教團的正式祭司服。

而徽章好像是趁昨晚縫在祭司服的胸口上。

「既然克里夫神父持有許可證，雖然需要花一點時間，我想只要請裡面的人發行臨時許可證就行了。」

「……嗯，也對。抱歉，魯迪烏斯。我去申請一下許可，你先在附近等一下。」

克里夫一臉歉疚地這樣說道。

「我知道了。反正我也不急，你就慢慢來吧。」

我老實地目送往裡面走去的克里夫。

一開始就受挫了……不過，倒也不是吃了閉門羹。

我就暫時在這裡面到處走走吧。

總部占地很廣，建築物也很大。

起碼有拉托雷亞家的四倍以上。

房子是四層樓建築，若是從上面往下看，會形成□與◇疊在一起的構造。就是在□裡面有◇。不是八芒星，而是在正方形當中還有一個正方形。

位於外側的□就是教團總部的事務所。與教團有關的事務員以及一般神父之類會在此辦理事務性的手續。

另外也接受入教許可或是葬禮的安排，好像還有在販賣徽章。

該說真不愧是教團的總部嗎？與米里斯教團有關的一切都能在這裡進行。

位於內側的◇則是教團幹部的居住區以及值勤室，然後好像還有神像以及寶物殿。

基本上是只有高層才得以進入，似乎就連事務員也不清楚裡面會舉辦什麼活動。

換句話說，就是米里斯教團的中樞部。難怪會需要許可證。

當我像這樣四處亂逛的時候，太陽已經高掛在半空。有點餓了呢。

不過話又說回來，或許我搞砸了。克里夫應該也還沒有提出歸還報告。

他本身好像也是昨天才向教皇取得預約，教皇也是看在家人的份上才通融的吧。

但我是局外人。突然回來的孫子要是報告得馬馬虎虎，還說希望教皇能見奇怪的傢伙一面，他應該也會對我有有所防備吧。

雖說因為塞妮絲那件事讓我有了一些不好的回憶，但我並沒有忘記艾莉娜麗潔的請託。會扯克里夫後腿的事，我還是想極力避免。

「說不定我應該過個幾天自己主動去預約會面……」

我如此反省，走著走著便來到了中庭。

米里斯教團總部有四個中庭。位在□與◇重疊而形成的，四個角落的三角形部分。

在那裡似乎是按照四季不同栽種著各式各樣的花草樹木。

目前的季節是春季，而我走到的湊巧也是春之庭園。

在春之庭園，正繽紛地開著五顏六色的花朵。尤其是以黃色、白色以及桃色這類色彩明亮的花朵為主。

我一邊欣賞著眼前景色，同時漫步在花園當中。

以前我雖然曾經單手拿著植物辭典去調查過花的名字，卻對這一帶的植物完全沒印象。

不對等等，我記得有看過這顆開著粉紅色花朵的樹。因為名字感覺很像櫻花，所以還留在腦海。

記得前陣子才向誰問過，叫什麼來著？

「快看，姻花盛開耶！」

對對對，是姻花。

是生長在阿斯拉王國北部山上的樹木。這種植物一到春天就會率先開出粉紅色的花，在阿斯拉王國被稱為「呼喚春天的樹」而廣為周知。由於製成木材後會發出獨特的香味，因此深受貴族喜愛。

不過，由於是生長在山上的樹，所以價格昂貴。

目前是由阿斯拉王家管理姻花的養殖林，也會出口到國外。
這些是前陣子去阿斯拉王國時，愛麗兒告訴我的。
「是的，非常漂亮呢！」
「神子大人真的與姻花非常適合！」
「你們知道嗎？這個姻花，是在現任教皇即位的時候，阿斯拉王國贈送的……」
「嗚呼，神子大人總是如此純真……」
聽到了很噁心的聲音。
我想說是怎麼回事，朝傳來聲音的方向望了過去。
「哇，你們看你們看，簡直就像在姻花的雨裡面一樣！」
「佇立在姻花花瓣中的神子大人……宛如妖精啊。」
「好美喲！」
映入眼簾的是宅圈公主。那名女性站在翩翩飛落的花瓣當中，身上穿著猶如公主那般的輕飄飄服裝，把手心向上不斷地轉著圈圈。
雖然稱為少女或許也不成問題……但大概是二十歲左右。
五官相當漂亮，只是有些福相。溫蒂雖然看似豐滿但是手腳都很苗條，可是這位的手臂與大腿都有些肥胖。雖然兩者都感覺不太健康，但溫蒂算是卡路里不足，而這位則算是運動不足吧。

在那個女性的身邊圍著一大群男人。

男人總共有七人。是很吉利的數字。每當那名女性說了什麼，他們就會表示肯定，讚不絕口。用一種就像是要討好她的態度。感覺就像是宅圈公主那樣……不對，或許索性說她是公主也不為過。

之所以會覺得看起來很像阿宅社團，是因為裡面沒有帥哥嗎？每個人的臉孔都讓我湧起一股親切感。不過所有人都穿著藍色鎧甲（Cuirass），這點倒是不像宅男。

「……咦？」

然而，儘管湧現一股親切感，卻絲毫沒有任何安心感。

脖頸感受到一股肅殺的氛圍。

是殺氣嗎？不對，這也是當然的。依常識思考，那個公主是真正的公主，或者是地位相近的重要人士。而且那群護衛也並非是單純的宅男。就算以動作及肌肉量來看，也可以明白他們都有出色的本領。以劍術來說，可能至少有上級或是聖級水準。

而且，他們也注意到我了。

今天為了以防萬一穿了長袍，底下也穿上了魔導鎧「二式改」。

雖然沒有帶著魔杖乍看之下應該沒有拿著武器，但這身打扮多少會給人緊張感。

他們恐怕正在提防著我。

不過，這種感覺，該怎麼說好呢？好像有一種更令人不安，讓人神經緊繃的感覺。該說是沒辦法好好說明的不安感嗎……

說不定，那裡面的其中一人就是人神的使徒。

要稍微試探一下嗎？

不對等等，先想清楚。回想一下「當我說出人神這個單字時的事故率」。不能將人神這個單字說出口。還要誘導對方……

「哎呀？我沒見過你呢。是來入教的嗎？」

當我正在猶豫的時候，對方早一步向我搭話。

「啊……」

少女露出天真無邪的笑臉抬頭看著我。

她將雙手放在腰後交握，以前傾姿勢往上看。要是希露菲擺出這個姿勢，肯定會讓我的理性崩壞。洛琪希不會擺出這種姿勢。如果是艾莉絲這麼做，我會猶如被蛇釘上的青蛙那般動彈不得。必須要做好一死的覺悟。

「怎麼了嗎？」

啊，該怎麼辦？沒有時間思考這些了。

呃……呃，我不是來入教的……呃，要誘導他們說出是否與人神有關，我想想。

「你們，相信神嗎？」

事情發生在一瞬間。宅圈裡的三個人瞬間拔劍並指著我。

剩下的四個人將公主拉了回去藏到自己身後。

他們剛才的宅氣已蕩然無存。現在他們散發的感覺就猶如戰場的傭兵。在炯炯有神的目光當中，浮著混濁的瞳孔。

好可怕。不妙。這群傢伙是危險分子。不該跟他們搭話的。

不對，我沒向他們搭話啊。

「神是存在的。」

「米里斯大人就是神。」

「你為什麼要問這麼理所當然的事？」

「難道說，你不相信米里斯大人嗎？」

「你不相信神？」

「叛教者……？」

「異教徒！」

宅男們開始你一言我一語的，眼神也跟著逐漸混濁起來。

不妙，再這樣下去會被當成女巫。

「不……不好意思……那個，因為我剛好在想事情，所以不小心就脫口說出奇怪的話……請原諒我。」

現在先老實道歉吧。

沒錯。這裡是米里斯教團的總部。在這裡的都是篤信米里斯的信徒。這種地方，不能問這件事。我是可疑人士。請務必原諒我。

「格列普，該怎麼辦？」

「達司特來決定就好。」

「那就殺了他吧。八成是異教徒。而且他莫名冷靜……就算不是好了，向神子大人灌輸奇怪思想也是有罪。」

「知道了，那就殺吧。我也贊成。」

決斷超快的。這可是美德啊。畢竟如果是我肯定會猶豫嘛。

「不不不，先等一下，冷靜下來，請先聽我說……」

在這裡胡鬧不僅會給克里夫造成麻煩，就連這個美麗的庭園也會變得慘不忍睹。你們幾個，應該也不想看到姻花樹被轟得粉碎吧？

這對彼此都沒有好處，只要好好溝通就會明白的。

儘管腦中這麼想，但我的意識已經完成切換。在被劍指著的當下，我就已經打開預知眼，並往魔導鎧灌注魔力。

雖然我想避免戰鬥，但如果道歉之後還是無法獲得原諒，我也不會猶豫。

因為，我從昨天，就一直很不爽。

「還是說……你們真的想打嗎？」

聽到我這句話，他們身子猛然顫抖，用力地瞪大雙眼。

我用預知眼看見他們全身用力，在手腳灌注力氣。

要來了。

「等等！」

響起威風凜凜的聲音。是有些令人懷念的聲音。或許是因為這個聲音有約束力，他們轉眼間就放鬆了力道。

「你們在做什麼！」

朝這邊走近的是一名女騎士。

年紀大約三十歲中間。服裝與這群宅男相同，穿著藍色鎧甲。在霸氣且穩重的臉上帶著幾分凶狠。然而，那張臉我也認識。

「隊長。有異教徒試圖加害神子大人。」

一名宅男若無其事地這樣說道。別撒謊啊。

「冤枉啊。我只是在看著姻花而已……」

「你給我閉嘴。」

拿劍指著我的其中一人以低沉的聲音說道。我怎麼可能閉嘴。這可是攸關性命啊。

「異教徒……？」

此時，女騎士總算看了我的臉。

「啊！」

然後總算注意到了。她的臉上綻出笑容。

「魯迪烏斯！是魯迪烏斯嗎？哇，真懷念！」

然後，她看到我被劍指著，大聲喝斥：

「把劍收起來！他是我的外甥！」

看到宅男們露出驚訝的表情並把劍收進劍鞘，我也關上了預知眼。

特蕾茲．拉托雷亞。塞妮絲的妹妹，我的阿姨。

也是我從米里斯大陸搭船移動到中央大陸時，對我百般照顧的人物。

特蕾茲似乎是那群傢伙的隊長，她一聲令下，宅男們轉眼間收起了劍，雖然感覺很不情願，但姑且也跟我賠了不是。

我也重新為脫口說出奇怪的話道歉，但他們依舊表現出對我的殺意，看起來一臉不滿。

現在也帶著公主和我拉開距離，保持警戒。

「你還記得我嗎？還是說，因為只見過一次所以已經忘了嗎？」

「我當然記得。關於搭船那件事，真的是很謝謝妳的關照。」

我決定暫時不管那些傢伙，和特蕾茲聊了起來。

實在是令人懷念。

「不過話說回來，我雖然有聽說你到了本家那邊露臉，但沒想到你居然會來教團總部。啊，該不會是來見我的吧？」

「不，是因為有熟人要幫我介紹給教團的幹部認識……特蕾茲小姐，妳已經回來這裡了呢。」

我記得，之前碰面的時候她說過自己被貶到西方的港鎮。

從那之後已過了十年，就算被調回來也很正常。

「嗯，是啊，說來話長呢。」

特蕾茲一邊露出苦笑一邊聳了聳肩。難道是有什麼難言之隱嗎？

我就不深究了。但是，我有其他事情想問。

「那個，我去過一趟本家的事情，已經傳開了嗎？」

「是啊，我聽說你和母親大人吵了一架對吧？」

「吵架……那個算是吵架嗎……」

「聽說母親大人把你惹火了喔。畢竟是母親大人，肯定是命令你去做這個做那個對吧？」

「就是啊！請妳聽我說！」

許久不見的阿姨。儘管我有一瞬間想到還不確定她是不是自己人，可是一旦說溜嘴就停不下來。回過神來，我已經把昨天的事情全盤托出。

看來，我的內心果然還殘留著憤恨不平的情緒。

或者說，是因為有著與塞妮絲相同樣貌，爽朗地笑著的她，讓我有一股安心感呢？

「在這種國家，難道就連那種歪理也行得通嗎？」

「不，再怎麼說也不可能喔……就算是母親大人，也應該不會……我想應該是有什麼誤會……可是，唔……魯迪烏斯，該不會是你說了什麼會惹母親大人生氣的話吧？那個人在跟對方吵起來的時候偶爾會講出很過分的話……」

「誰知道呢。我自認有盡量忍耐，別說出會觸怒她的話。」

「唔──」

特蕾茲暫時環起雙手，以威風凜凜的表情發出沉吟。

而且也沒有你一言我一語的。感覺她打從一開始就這麼決定了。

「算了，下次回本家時我再詳細問個清楚。母親大人她雖然頑固、強硬，而且都用命令語氣，但並不是壞人。恐怕是有些誤會。」

「……」

特蕾茲輕描淡寫地這樣說道。

假使真的是誤會，我也的確是生氣了。

我不想說什麼麻煩幫我調解一下之類。

我已經很久不曾對某人覺得，就算是表面上的來往也不願意。

算了，如果真的是誤會，願意誠心誠意地向我道歉的話，我也會對突然動粗的事情賠罪。

「不過話說回來，魯迪烏斯你真的長大了呢！啊，不對，對成年的男性說什麼長大了這種話好像不太好……你現在是二十歲左右嗎？」

特蕾茲或許是在為我著想，特地改變了話題。

我也不想要一直討論克蕾雅那個人。

「是的，我已經二十二歲了。」

「這樣啊！已經是不只十年前的事了呢……啊，對了，艾莉絲大人現在呢？過得還好嗎？她之前可是超級有精神的呢！」

特蕾茲就像個小孩似的吵吵嚷嚷。剛才那凜若冰霜的感覺跑哪去了？

不過她嚴肅時的表情，會讓人聯想到那個克蕾雅婆婆……

糟糕，不行不行，別胡思亂想。

「艾莉絲也很有精神喔。去年，她剛生下第一個小孩。」

「小孩……？呃，這樣啊。你們結婚了是嗎！恭喜！」

「謝謝妳。」

「她也有來這邊？」

「沒有，她留在夏利亞。畢竟還有小孩得照顧。」

「這樣啊這樣啊。雖然也會遇上辛苦的時候，但你們兩個要同心協力一起努力喔。」
兩個人……啊，對喔，這個人也是米里斯教徒。是不是該把我和三個人結婚這件事先說清楚呢？
算了，現在先裝死吧。難得她當下這麼開心，不需要潑她冷水。
「是嗎，結婚啊……那個小小的魯迪烏斯和艾莉絲大人結婚了啊……唉……」
本來我這樣想，但特蕾茲卻已經頹喪著一張臉。
結婚這個單字似乎是禁語。看她這個反應，恐怕還是單身吧。
或者說曾離過婚呢？
是說，這個人是幾歲來著？
塞妮絲大約三十八歲，因為比她年輕……所以是三十五歲左右？
這個世界的成人是十五歲，然後有很多人會在二十歲左右之前結婚，從這點來想……呃……
「請問工作方面還順利嗎？」
還是別聊結婚的話題比較好。
「嗯？噢！雖然發生了不少事，但現在又能回來當神子大人的護衛了喔。我姑且算是領導階級。」
特蕾茲這樣說完，瞥了一眼那群集團。

七個人裡面，有兩個人在警戒著這邊，剩下的人則變成了公主的跟班。

這樣一看，這群人還真是悠哉啊。

「是一群很凶猛的人呢。」

「是啊……因為以前曾經有過暗殺未遂事件，所以才決定派出神殿騎士團當中戰鬥能力也特別出眾的騎士擔任護衛，只是湊到的是一群有些那個的……」

以前特蕾茲曾說過，神殿騎士都是一群瘋狂信徒。

「有些那個」應該是指這個意思的吧。畢竟從我說錯話到「決定殺了我」為止只有一瞬間嘛。和從前的奧爾斯帝德可說是不遑多讓。

「不過他們只是稍微執著在教義上面，本性並不壞……而且大家都非常喜歡神子大人。」

真可怕啊。我可以理解信仰神明的心情，但要是因為這樣沒辦法看清大局可不成。

明明你們的神應該也是心胸寬大啊。

「那個，特蕾茲？可以讓我也參與對話嗎？」

此時，後面冷不防有聲音傳來。宅圈公主正在窺視著這邊。

那群跟班站在她的身後，感覺隨時都會拔劍。

「剛才，我聽見了艾莉絲這個名字，難道這一位與那位紅髮的艾莉絲大人認識嗎？是劍士的那位？」

她就是神子啊。雖然被神子神子的叫，不過本名是什麼？是護士嗎？要問問看嗎……不，

我先報上姓名吧。雖然克蕾雅說什麼先報上姓名是膚淺的舉動，但是先報上名號可是武士的禮儀啊。（註：源自遊戲《みこみこナース》，日文的神子為みこ，ナース是護士）

「不好意思，尚未自我介紹。我叫魯迪烏斯·格雷拉特。目前正在『龍神』奧爾斯帝德大人的底下工作，劍王艾莉絲·格雷拉特是我的妻子。」

龍神與劍王。那群跟班聽到這兩個單字後，氣氛更為緊張。聽到龍神後會有反應，表示果然有使徒混在裡面嗎？啊，可是七個人全員都有反應，或許沒關係吧。

「哎呀！原來是這樣啊！艾莉絲大人是十年前救了我一命的恩人！」

說到十年前，就是我來米里希昂的時候嗎？

我印象中也有聽過這件事。艾莉絲出門去擊退哥布林，結果卻擊退了暗殺者。

「艾莉絲大人也有過來這邊嗎？」

「不，不巧的是她要照顧小孩，所以留在家裡。」

「那真是遺憾。」

公主露出失落表情後，整個團體的眉毛也跟著垂下。

感覺有點溫馨。這些傢伙真的非常喜歡公主。

是說，我明明報上姓名了她卻沒有講自己的名字。

是不是我也用神子大人稱呼她就好了？

「不過，那樣一來就代表……我是被『龍神』奧爾斯帝德大人所救的呢。」

「咦？」

跟那沒有關係喔。不管是我還是艾莉絲，當時就連奧爾斯帝德的名字都不知道。

不過，現在的我是奧爾斯帝德的屬下，艾莉絲也認同這點，並願意幫助我。

所以艾莉絲勉為其難也可以說是奧爾斯帝德的屬下……也就是說，她算是被奧爾斯帝德救的嘍？

……算了算了。還是別扯那種立刻就會穿幫的謊言吧。

「不，當時不論是我還是艾莉絲，都還沒有見過奧爾斯帝德。不過，假如神子大人感覺我們有恩於妳，只要今後別對奧爾斯帝德抱有敵意，我就很感激了。」

「……？會對沒有見過的人抱有敵意嗎？」

「因為奧爾斯帝德大人擁有那樣的詛咒。」

我這樣說完後，公主目不轉睛地盯著我。

在她圓潤的臉上的那對渾圓的雙眼。兩隻眼睛都不算是特別的顏色。大概不是魔眼吧。

然而，我直覺地這麼想。

她正在對我做什麼。

我不知道她正對我做什麼。

既沒有動彈不得，也不覺得呼吸困難。

只有被做了什麼的感覺。

「……看樣子似乎是真的呢。」

過了一會，公主以認真表情點頭。

「你看得出來嗎？」

「是的，我看得出來。」

我望向特蕾茲與跟班們，他們看起來並沒有覺得哪裡不可思議。換句話說，這就是這孩子「身為神子的能力」吧。就像是札諾巴的「怪力以及防禦力」。

只要注視眼睛，就能識破謊言的能力。

不對，還是能讀取對方的思考之類？

或者說，是其他的能力？

「……那就是妳的能力嗎？」

「是的。沒錯。」

雖然我想問個清楚，但跟班們的表情一臉嚴肅。

看來不要問比較妥當嗎？該怎麼辦？關於這個神子，奧爾斯帝德什麼也沒告訴我。

「哦……」

糟糕。

因為察覺到自己被做了什麼，感覺我好像也不由自主地散發出緊繃的氣息。

感覺不管問什麼，那群跟班都會殺過來。

但是，不問也很可惜。畢竟不一定能再見到面。該問的事情就該問清楚才行。

「嘶……呼……」

總之先深呼吸。

「神子大人。我明白這很失禮，不過我方便向妳請教一件事嗎？」

在提問之後先獲得許可。這種步驟相當重要。而且為了不讓對方察覺我在試探，只提出一個問題。

「好的，請說。」

「最近，妳的夢裡是否有出現自稱為神明的人物，向妳留下什麼神諭？」

「不，別說最近了，目前為止從來沒出現過。我想，今後肯定也不會有吧。」

公主斬釘截鐵地這樣說道。她看著我，聽著我說的話。說目前沒有，今後也不會有。

而且她似乎莫名確信這點。

難道說這也與她的能力有關嗎？

比方說……拒絕人神跟自己碰面的能力。

果然是「讀取對方心思」之類的嗎？

比起我，人神的內心要是被看透的話肯定會更加困擾。

「謝謝妳。」

我放鬆肩膀的力氣。總之不是敵人就好。哪怕剛才的是神子的謊言，現在就先相信吧。

「好，這次輪到我嘍！」

「……唔！是，請儘管問。」

除此之外還要問什麼？

如果她能讀心，應該沒有問的必要吧？

我感覺那股能力並不是隨時發動。要在對上眼睛之後做了什麼才會發動。

所以只要不看對方的眼睛就好了……是嗎？

「請把有關艾莉絲大人的事告訴我！」

「……是。」

原來是這種事啊。算了，既然她不是敵人，也與人神沒有任何關聯，不如就相信她吧。

除此之外，還要告訴她奧爾斯帝德社長的優點。

本公司的保險即使是抱病（神子）的人也一律負責。長達八十年的安心保障，哪怕是發生意外，也會有本公司的優秀工作人員前來協助。

另外，本公司也隨時募集優秀的工作人員……

不對，待會兒就要拜託教皇當我的後盾，我現在先向神子示好是不是不太妙？

我記得，神子與教皇屬於不同勢力。

「魯迪烏斯！魯迪烏斯，你在嗎！」

當我胡思亂想的時候，遠方傳來了呼喚我的聲音。

是克里夫的聲音。看樣子，許可總算是下來了。
「非常抱歉，神子大人。看來時間到了。」
「咦咦！怎麼這樣……」
公主一垂下眉毛，跟班們的眉毛也跟著垂下，對我的仇恨值上升了。
真有趣。而且實在很感興趣。以我個人來說，也是想再稍微聊聊的對象。
只不過，得以在等我的人優先。
「我想會暫時留在這個城鎮一陣子，所以艾莉絲的事情就到時再……」
「約好了喔！」
我向公主行了一禮，並拜託特蕾茲代為傳話。
「還有，特蕾茲小姐，如果妳會去本家，請幫我傳話給克蕾雅小姐，說『母親會由我自己負起責任照顧，所以妳不用多管閒事』……還有，如果她想向菲托亞領地搜索團索取當初金援的那筆錢，會由我來付。麻煩她提出金額。」
「知道了。我會幫你這麼轉達。」
「拜託妳了。」
我向特蕾茲也行了一禮後，以眼神向那群跟班們示意，便離開了現場。
不過話說回來，神子啊。乍看之下是愛裝可愛的千金小姐。再不然就是個宅圈公主，卻感覺是個深不可測的人。

她很清楚地表明自己不是敵人，而且從她的口氣聽來似乎知道人神。
還是警戒一下吧。
啊，忘記問名字了……
我一邊這樣想著，一邊朝著手上拿著許可證的克里夫移動。

第十話「與教皇，然後……」

「行李請放在這裡。」
在進入中樞之前，我們接受了身體檢查。
有可能當作武器的東西全都遭到沒收。
從愛用的小刀到捲軸，全部都被放在這保管。
不過鎧甲似乎不被視為武器，對方並沒有要求我脫下。克里明明知道這件事卻也沒說，想必是因為他信任著我。我為了向克里夫表現誠意，把裝載著吸魔石的左手甲，以及裝載著加特林機槍的右手甲都放在這保管。
中樞內部的構造猶如迷宮。
沒有一條筆直的通道，全都是以曲線構成。

而且由於內部被漆成純白，很難確認通道前方的狀況。
不過，這裡是米里斯教團的中樞。
與城堡相同，是考量到敵人攻進來時的狀況才這麼建造的。
克里夫在裡面順暢地前進，抵達了教皇的勤務室。
勤務室由兩名騎士以及結界所守護。
「我先提醒一下，在裡面無法使用魔術。」
「好。」
結界的強度是聖級或是王級，騎士的實力是聖級或是王級。
雖然不是很清楚確切水準，萬一演變成戰鬥也只能夠打肉搏戰吧。
「猊下，我把他帶來了。」
克里夫的祖父哈利．格利摩爾就在透明結界的另外一側。
相貌與信的內容所想像的一樣，是個慈祥的老爺爺。細長的白鬍子，繡有金線的司鐸服。
「好的，辛苦你了。」
不像紹羅斯那樣有神，也沒有列妲那般銳利。
身上感受不到身為強者的氣場。
但相對的，卻能讓人感受到一股容納百川的宏大器量。原來如此，這就是教皇啊，他有種讓人如此認同的感覺。也就是雖然感覺不到氣場，相對的能感受到一股器量。

我真會說話。

「我來介紹。他就是魯迪烏斯．格雷拉特。我們倆在拉諾亞魔法大學一起念書，他是我的學弟。擁有凌駕在我之上的魔術才能，是名極為有才的人物。今後我打算和他有長久的來往，這次帶他過來，是想讓猊下見他一面。」

聽完克里夫的介紹，教皇掛著和藹的表情緩緩點頭。是表示接下來要由我親口說明的意思吧。以朋友的身分來介紹我，再來就得靠我自己處理。

就和昨天晚上說的一樣。

「原來如此，那麼……魯迪烏斯先生，是為了向我要求什麼而來的嗎？是要我允許你設立傭兵團呢？或者是要取得販賣斯佩路德族人偶的許可？還是說，是要勸我成為龍神奧爾斯帝德的部下？」

搞錯了。看樣子克里夫在事前就已經先幫我提過了。

像是我的目的、立場以及為了做什麼而來到這個國家之類。

反正這些事情待會兒也得說。這麼做反而讓我省去了說明的功夫。

……奇怪？

克里夫一臉驚訝地來回望著我與教皇的臉。

「不愧是被稱為『龍神的左右手』的男人。竟然連眉毛也紋風不動……克里夫也必須向他看齊才行喔。」

注意到時已經太遲了。

教皇轉眼間就產生了對我的誤解。

「不好意思，我已經事先調查過你的來歷。」

他以和藹的表情開始唸起手邊的資料。

「魯迪烏斯・格雷拉特。出身於名門諾托斯・格雷拉特。是保羅・格雷拉特的兒子，劍王基列奴・泰德路迪亞的弟子。儘管被捲入轉移事件，卻在三年後以一己之力歸還。進入魔法大學就讀，與愛麗兒公主有密切往來。接著在幾年後，與『龍神』奧爾斯帝德戰鬥，之後成為他的部下。於阿斯拉王國之亂暗中行動，擊倒水神列妲以及北帝奧貝爾。將現任國王愛麗兒・阿涅摩伊・阿斯拉推上王位。之後，在各地成立自己旗下私兵的同時，並呼籲掌權人士協助龍神奧爾斯帝德……我有說錯嗎？」

好像被調查過了。

不過也沒什麼好驚訝的。畢竟我並沒有特別隱瞞。想查的話隨時都查得到，況且在眼前的這名人物不僅立場上有辦法派人調查，而且也不得不調查必要的事情。

只不過，有說錯的地方。

「有三個地方說錯。我並不是靠自己一個人從魔大陸歸還。是借助了一位名叫瑞傑路德的斯佩路德族戰士的力量。打倒水神列妲的並不是我，而是龍神奧爾斯帝德大人。奧貝爾也是與劍王基列奴、劍王艾莉絲聯手打倒的。然後，最重要的一點就是，請把我是水王級魔術師洛琪希．米格路迪亞的弟子這點也補充上去。」

「哦，真是老實呢。」

教皇一邊嗯嗯地連連點頭，同時在手邊的紙上寫下了什麼。

雖然不清楚寫了什麼，但希望他起碼要把身為洛琪希弟子這件事寫上去。

「既然如此，你想販賣斯佩路德族人偶的理由，是為了報答那名斯佩路德族的恩情嗎？而不是企圖提高識字率來推翻國家？」

「是的。」

「哦？」

為什麼提高識字率會推翻國家來著……

我記得……應該和蝴蝶效應是相同理論。

「那麼，呼籲眾人協助奧爾斯帝德大人，又是基於什麼樣的理由？」

「魔神拉普拉斯將會在距今八十年後復活，是為了對這件事做準備。」

即使我這樣回答，教皇依舊面不改色。

只是像表示「了解了」那樣點了點頭。

「原來如此。所以，你利用克里夫，來向我提出協力的要求，就是這個原因嗎？要是希望『龍神』加入我方陣營，就遵照你的命令……這樣。」

「不，並不是這樣。」

總覺得這個老爺爺已經進入交涉模式了。

算了沒差。反正到頭來還是得交涉，先把該說的事情說清楚吧。

「我想加入的，是克里夫陣營。」

「哦。那麼，是你要在克里夫的背後撐腰，協助他的意思？」

「不……我一開始確實是這麼打算，不過克里夫說『想測試自己的力量能做到什麼程度』，所以已經放棄了。至少直到他在教團內成為有顯著分量的存在之前，我不會介入。」

說完這句話，教皇眉開眼笑。

就像是爺爺聽到孫子回來跟他報告考試考了一百分時會露出的表情。

「是這樣啊，克里夫說了那種話……」

「是的，所以，希望您今天能把我視為龍神的一名屬下來看待。」

我實話實說。對方調查過我這邊的狀況。雖然好像也漏了許多情報，但大致上正確。目前不知道他除此之外還知道了哪些事。所以，我決定以不說謊的方向來應對。

雖然俗話說愈老實的傢伙看起來愈笨，但討厭老實人的傢伙並不多。

「我的要求有兩個，支援我設立傭兵團，以及販賣斯佩路德族人偶的許可。」

關於拉托雷亞家那件事，就暫時先放到一邊吧。

畢竟那是私人的事情，而且要是能與教皇交好，也能達到牽制的作用。

「嗯。」

教皇看著我，臉上依舊掛著溫柔的笑容。也就是所謂的撲克臉吧。雖然在笑，表情卻是面不改色。

「我認為人與人之間的關係，是想斷也斷不開的。」

教皇依舊掛著笑容，然後喃喃說了一句。

這句話或許是在訓誡我，因為我想在無關克里夫的狀況下提出要求。也有可能是在訓誡克里夫，因為他打算不靠我的力量，只憑一己之力測試自己的實力。

「所以，我終究還是會看在你與克里夫的交情……支援傭兵團。」

他很乾脆地這樣說道。

雖然有一瞬間我湧起疑問，難道他不求回報嗎？但很快打消了這個念頭。

「看在我與克里夫的交情」這個部分就相當於回報了吧。不管怎麼樣，只要克里夫能壯大實力，就等於我對教皇派的克里夫帶來了龐大的利益。

對教皇而言，這算是早期投資。

「可是，斯佩路德族的人偶就很難允許你了。」

「為什麼？」

「我是迎合魔族派系的領袖，有身為教皇的立場。但是，最近提倡排斥魔族的樞機卿一派正在擴大勢力。以現況而言，我並沒有獨斷允許販賣斯佩路德族人偶的發言力。畢竟下任教皇目前很肯定會從排斥派中遴選出來……是吧？」

教皇這樣說著，然後看了我。

這恐怕是在暗示我「現在立刻擊退排斥魔族的派系」。

然而，這也不算什麼。我可以作為教皇的棋子行動。畢竟我已經與拉托雷亞家分道揚鑣，到頭來都會演變成敵對的局面。

雖然對特蕾茲不好意思，但如果有必要，不管是排斥魔族的派系還是什麼我都會擊潰。

但是，這樣不算幫忙克里夫嗎？

這部分很模糊。克里夫如果要往上爬，自然也需要敵人。由我來打倒他們這樣好嗎？不對，基本上既然我要協助米里斯教團，到最後都會算是克里夫的功勞吧？那麼，應該可以吧。

唔——……

「……總之，您願意支援傭兵團，這點應該沒有問題吧？」

「是的。」

「那麼，今天只要聽到您願意支援傭兵團這句話，我就心滿意足了。」

先保留吧。反正也不是立刻就要做出結論的問題。

這次原本就沒有把販賣斯佩路德族人偶當作目標，只是打算建立傭兵團而已。那麼，也不要貪心，到這邊打住就好。

「這樣啊，真是遺憾。」

教皇這樣說完，露出了和藹可親的微笑。

★★★

因為克里夫說還有事情要辦，所以我一個人離開了總部。

「呼……」

出來的瞬間，我重重地嘆了口氣。

累死人了…神子還有教皇。今天遇到兩名截然不同的人物。兩個人感覺都很深藏不露，而且還各自屬於不同的勢力。

迎合魔族派系的教皇。排斥魔族派系的樞機卿旗下的神子。

若是問我要往哪邊靠，不用說當然是迎合派系，教皇這邊。

話雖如此，神殿騎士隸屬排斥魔族的派系。有拉托雷亞家，以及特蕾茲。

特蕾茲在這次與上次，加起來共救了我兩次。

我討厭拉托雷亞家，但不想對她做出忘恩負義的舉動。

何況先不論那群跟班，那個神子也不算是讓我討厭的對象。

所以，我認為保留的判斷沒有錯……希望沒有。

可以的話是想按照當初的預定站在中立的立場。理想真是遙遠。

總之最好再多嘗試與神子接觸看看。我也想再多掌握一下她的能力。至於是不是使徒……

八成是沒辦法判斷吧。

假使她是使徒，那麼要煩惱的事情勢必又要增加。

至少我在阿斯拉王國設立傭兵團時，人神並沒有來礙事。

是因為我的行動對人神沒有害處嗎？或者並不是那麼一回事呢？

目前的狀況沒辦法得知。想破頭也沒有用。

所以，暫時先以這次也不會來礙事為前提行動。

一旦感覺有人礙事，或是覺得不對勁的時候，就是找出使徒的時機。

目前感覺可疑的有幾個人。像是神子、克蕾雅以及教皇等人。

不過，就像以往一樣，太過疑神疑鬼也是導致失敗的肇因。

關於這方面，還是趁早成立傭兵團分部，設置好通訊石板，與奧爾斯帝德取得聯繫比較妥當。

嗯。總之，這次順利取得了教皇的協助。

那麼，就先從這裡開始。挑選、購買傭兵團分部的建築物。在那邊設置通訊石板以及緊要關頭用的轉移魔法陣。然後向奧爾斯帝德進行業務聯絡。

「好。首先就從挑房子開始。」

接下來要做的事情決定好了。

挑選房子方面最好還是交給愛夏吧。要挑冒險者區或是商業區，要以誰為對象進行買賣。

關於這部分，愛夏應該已經確實輸入在腦內。

有一個能夠託付的對象，真的是很可靠。

問題在於塞妮絲。

要是愛夏留下她一個人外出，自然沒有人能照顧她。

雖然或許也可以拜託溫蒂……算了，這部分我一個人再怎麼想也無濟於事。

回去之後再討論吧。

★ ★ ★

於是，我駕著馬車在市內移動，回到了位於神聖區的克里夫家。

時刻是黃昏時分。肚子也正好餓了，真期待晚餐。

這一帶很棒的一點就是能吃到新鮮的雞蛋。水煮蛋、荷包蛋以及歐姆蛋……因為也有麵包，也能做成炸豬排呢。只要一蛋在手，料理種類變化無窮，我的期待也會大大增加。

幸好有帶廚師（愛夏）過來。

「我回來了～哎呀～肚子都快餓扁──」

「妳說到這個時間都還沒回來，是怎麼一回事！」

回來的瞬間，就聽到了愛夏的怒吼。

我慌張地衝進家裡。映入眼簾的是逼問著溫蒂的妹妹。

「為什麼要允許她外出啊！」

「因……因為，他說不要緊……」

「妳為什麼要相信外人說的話！昨天的對話妳也聽到了吧！為什麼不把狀況告訴對方！如果要出門，明天再說也可以吧！明明只要麻煩他等一下，我也會馬上回來的！明明也跟哥哥商量過了！」

「就……就算妳這麼說，那個，我，昨天的對話，其實我聽得不是很懂，然後那個人，說這樣不要緊。」

「妳從剛才就只會這麼說！我不是說這樣有問題了嗎！妳該不會是是來妨礙我們的吧！」

愛夏怒氣沖沖地舉起拳頭，溫蒂見狀縮起身子——

會如此憤慨，大聲怒吼的愛夏非常少見。

我一邊這樣想著，同時從後面抓住愛夏高舉的手。

「愛夏，妳冷靜一點。」

「給我閉嘴！」

被甩開了。

此時，愛夏似乎也發現後面的人是我。

「啊，哥哥……對不起……」

她用另外一隻手握住剛才甩開的手，然後低下頭。

「出了什麼事？」

總之先問問看。

我也在心裡做好了如果是吵架就兩邊一起處罰的打算。

然而，愛夏卻鐵青著一張臉，低著頭，沒有回答。

明明她平常是可以乾脆回答的孩子。

「呃……」

看不下去這個狀況，溫蒂代為回答。

「那個，早上的時候，有個名叫基斯的人出現……」

「基斯……？」

「他說塞妮絲小姐難得回到故鄉，一直關在家裡也太可憐了，所以就帶她出去——」

此時愛夏低聲說道：

「就沒有回來了……」

有種血液迅速從頭上往下掉的感覺。

深呼吸。

「愛夏，冷靜點，妳從頭開始，好好說明給我聽。可以嗎？」

「嗯……」

愛夏開始說出來龍去脈。

白天，基斯好像來到了這個家。他自稱是塞妮絲的朋友，是來這裡探望她。雖然愛夏也沒有看到長相，但從事後詢問溫蒂所描述的長相、說話方式、身材、講話內容以及裝備來看，似乎可以確定是基斯。

然後當時，愛夏並不在家。

「愛夏，妳那時為什麼出門……？」

「我想說既然要住在這裡，自然需要各種用品，所以才出門去採買……因為溫蒂不識字，也不知道我想要什麼，所以我就……對不起。」

「啊，不，沒關係。」

愛夏判斷出錯，在那段期間發生了意想不到的狀況。

雖然很罕見，但偶爾還是會發生。

總而言之。基斯好像與溫蒂以及塞妮絲三個人一起聊了一陣子。

但是在某個瞬間，基斯說了：

「難得回到故鄉還得一直關在家裡，塞妮絲也太可憐了。我帶她到那附近去繞繞吧。」

溫蒂答應了他的提案。

我很想抱頭問她為什麼要答應。因為她昨天也聽過我們的對話了吧。

但是，並不能全怪在溫蒂頭上。她不是當事者，也沒有看到拉托雷亞家討人厭的一面。沒有搞清楚狀況也是情有可原。

再加上基斯那傢伙的話術十分了得。不管怎麼說，那傢伙其實還挺擅長說服別人。而且，我也有想過要找個時間帶塞妮絲到鎮上晃晃。

認為只不過一個小時就會回來，因此而疏忽大意或許也是無可奈何。

「我立刻就衝出去找了，但是沒有找到……」

買完東西回來後的愛夏聽說了事情的經過，似乎立刻就從家裡衝出去找人。

但是，並沒有找到。即使過了下午，到了傍晚也始終不見人影。

愛夏心想他們或許已經回來了而返回家裡，卻也沒看到人。當不知道該如何是好的愛夏在責罵溫蒂的時候，我就回來了……就是這麼一回事。

「怎麼辦，哥哥？都是因為我之前說不要緊……這個，應該是我的錯吧……怎麼辦……該怎麼辦！」

愛夏驚慌失措到不像是平常的她，幾乎都快哭出來了。

總之，必須先讓她冷靜下來。

「妳先冷靜一下。對方是基斯，或許只是忘記約定，帶她到好幾個地方去打轉而已。」

「可是，現在，不知道塞妮絲母親人在哪裡啊！」

「好了，冷靜一點。」

其實我也很焦慮。但是，帶她出去的人是基斯。那傢伙雖然沒有戰鬥能力，卻是個可靠且精明的男人。會讓人感到安心。

是啊，畢竟是那個基斯。

說不定只是做了點多餘的事，所以才耗掉了時間。

再過一下或許就會突然回來，嘻皮笑臉地說「抱歉抱歉，剛好遇到以前的熟人，一個不小心聊太久了」。

「總之，再稍微等他們一下吧。」

我這樣下了決斷。

然而在那之後，就算太陽完全西下。

一臉疲憊的克里夫已經到家。

塞妮絲與基斯依舊沒有回來。

★★★

白白浪費了時間……應該不能這麼說。

隨著時間經過，我和愛夏也冷靜下來了……應該。

「抱歉……可是你們別太責怪溫蒂，我想她並沒有惡意……」

克里夫雖然訓斥了溫蒂，但沒有過分責備，而是袒護了她。

想必他自己也沒有預料到會演變成這種狀況。

原本就是為了要請個幫傭才找她來的。而且既然都聽說她到了這個年紀依舊還沒有找到工作以及雇主，就應該要事先理解到她是個與資歷相符的庸才。

不應該指責別人的能力不足。

與其責備，不如彌補失敗。

「我去找。麻煩克里夫學長在家裡待命，免得彼此錯過。」

「嗯，好……」

我下定決心要出門尋找的時候，已經是在晚餐時間之後。

現在才下定決心要去找，或許已經為時已晚。

但是，若是要找個藉口，就是如果塞妮絲是一個人出門，我也會二話不說衝出去找人。

但是，帶她出去的人是基斯。

如果溫蒂所說的話屬實，表示基斯應該跟她在一起。

那個臭猴子雖然在戰鬥方面缺乏自信，但除此之外倒是做得有聲有色。

舉凡收集情報、畫地圖、採買、煮飯、整備道具甚至到隊伍成員的健康管理。

除了「戰鬥中派不上用場」這點對冒險者來說相當致命以外，是個很可靠的男人。

因此，我有一種既然基斯跟著就沒問題的謎之信賴。

但是仔細想想，「戰鬥中派不上用場」這點相當致命。

要是他們被捲入某個事件，他沒有足以保護好塞妮絲的實力。

雖說基斯迴避事件的能力也很高。但機率並非百分之百。

比方說塞妮絲因為某個巧合，踩到了一臉凶惡的老爺爺的腳，這種事也是有可能的。

畢竟也有初次見面時只是稍微對上眼就揍過來的女人。

然後再補充一點，基斯是魔族。

萬一拉托雷亞家看到基斯與塞妮絲兩個人在一起會怎麼想？

明明被我帶回去的塞妮絲，竟與魔族單獨在一起。

搞不好他們會二話不說發動襲擊，試圖把塞妮絲帶回去。

那麼，果然是在拉托雷亞家嗎？

如果犯人是拉托雷亞家，甚至有可能連基斯都是冒牌貨。只要抓來長相、身材以及說話方式都很相像的傢伙，再讓他裝成基斯欺騙溫蒂……之類。

雖然我不覺得那種傢伙到處都找得到就是。

還有，雖然我不願這麼想，但基斯也有可能是人神的使徒。

討厭進入神聖區的基斯，為什麼會來到這種地方？

「……」

我重新穿好魔導鎧以及長袍，踏出家門。

「首先要往哪裡？要分頭行動嗎？」

愛夏理所當然地跟了過來。

她似乎對塞妮絲失蹤這件事感到很焦慮。

既然她現在這麼著急，我就必須冷靜下來。

「不，要是妳被拐走也很困擾。我們一起行動吧。」

「嗯……嗯。知道了……」

聽到被拐走這個字眼，愛夏倒抽一口氣。

畢竟這個世界的綁架犯很多，她肯定也想過塞妮絲遭到綁架的可能性……

但是那種可能性應該很低。

如果是一個人到處閒晃倒另當別論，但是她和基斯在一起。要撂倒基斯之後再把塞妮絲當奴隸帶來，實在很大費周章。

如果是我，會尋找其他更沒防範的下手。

「……」

我踏出幾步後，頓時停下腳步。

首先要從哪裡開始找起才好？

真糟糕，我好像還沒冷靜下來。就算一直叫自己要冷靜，人也沒辦法冷靜。深呼吸。

「嘶……呼……」

比我更聰明的傢伙就在旁邊。

找她討論吧。

「愛夏……妳認為基斯會在哪裡？」

「嗯……會不會是在冒險區？」

「根據呢？」

「基斯先生說過他不能踏進神聖區，我想他應該也不會去有許多米里斯教徒的居住區。如果是商業區與冒險者區，畢竟基斯先生是冒險者，我認為在冒險者區的機率會比較高。」

「好，那我們去冒險者區吧。」

不愧是愛夏，腦袋轉得真快。

既然決定了，事不宜遲。

「快走吧。」

「嗯，啊，對了。騎馬會不會比較好？馬車用的應該還在吧？」

「嗯？」

馬啊……

我直到現在都還不會騎馬。雖說也不是完全不會騎。畢竟我多少練習過了，也了解操縱馬車的方法。只是，並沒有熟練到能在緊急狀態下自由自在地控制馬匹。

但是，不需要擔心。

要是認真起來，我的移動速度和馬一樣快。

「不需要那種東西。」

「咦？」

我用公主抱的方式抱起愛夏。

朝魔導鎧灌注魔力。

腳部ＯＫ。該如何抵銷著地的衝擊，我已經練習過好幾次。

「愛夏，妳要好好抓緊喔。」

「咦…………？啊！」

愛夏的身體僵住，像是用扯的一樣緊緊抓住我的長袍。

我將愛夏的身體牢牢地固定。

「……不……不要！不要！住手！」

最後好像聽到了什麼，無視。

塞妮絲不見了。

我不認為這是突發狀況。

是基斯搞的鬼，還是拉托雷亞家暗中安排，或者是教皇派在背地裡動了什麼手腳，再不然就是被捲進神子的策略當中……

還有，這件事到底是不是與人神有關。

就算煩惱也沒用。就算猶豫也沒意義。就算後悔也無可奈何。

畢竟事件已經發生了，時間也流逝而去。

我目前的狀況稱不上完美。在這個米里希昂，也不清楚誰是敵人，誰才是自己人。

但是，既然要與人神戰鬥，這種事情我老早就心知肚明。

我不會再犯下在西隆的失敗。

我一邊做好覺悟，同時朝著夜空跳躍。

神　子

人物設定草案
神子

人物設定草案
克蕾雅

公爵千金的本領 1~8（完）

Kadokawa Fantastic Novels

作者：澪亞　插畫：双葉はづき

抱持覺悟衝過兩個世代的千金小姐——
梅露莉絲和艾莉絲的故事，在此正式完結！

梅露莉絲於社交界廣受矚目時，與霖梅洱公國的外交搖搖欲墜——塔斯梅利亞王國再次瀕臨戰爭危機。其中，安德森侯爵家有著重大嫌疑。在這複雜時期中，一旦失去身為英雄的安德森將軍肯定會開戰——為此，梅露莉絲將祕密率領士兵，奔赴戰場取得勝利！

各 **NT$190~220/HK$58~73**

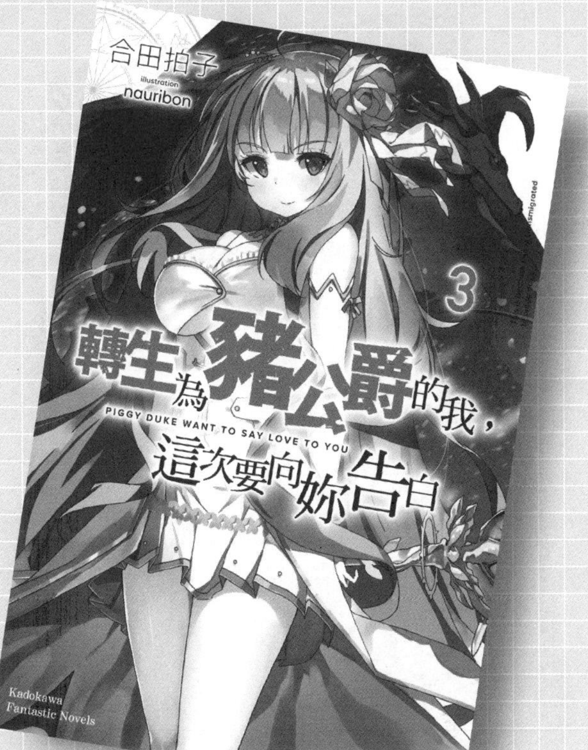

轉生為豬公爵的我，這次要向妳告白 1~3 待續

作者：合田拍子　插畫：nauribon

豬公爵為尋找龍的幼體探索迷宮！
傳說的黑龍卻趁機襲擊學園!?

達利斯下一代女王卡莉娜來訪讓學園為之沸騰，史洛接下照顧公主的職責，並與公主一起前往探索迷宮……此時傳說中的黑龍卻趁機襲擊學園。面對強大的怪物，學園陷入嚴重的混亂……史洛來得及趕回去救援學園與夏洛特的危機嗎!?

各 **NT$220/HK$73~75**

幽冥宮殿的死者之王 1 待續

Kadokawa Fantastic Novels

作者：槻影　插畫：メロントマリ

不死者vs死靈魔術師vs終焉騎士團，
三方勢力展開前所未見的戰鬥！

少年恩德受病痛折磨而喪命，再次甦醒時發現自己因為邪惡死靈魔術師的力量，變成了最低階不死者。他為了贏得真正的自由，決心與死靈魔術師一戰，然而追殺黑暗眷屬直到天涯海角，為誅滅他們不惜賭上性命的終焉騎士團卻又成了他的障礙……！

NT$240/HK$80

魔導具師妲莉亞永不妥協
～從今天開始的自由職人生活～　1 待續

Kadokawa Fantastic Novels

作者：甘岸久弥　插畫：景

才剛搬入新居就慘遭未婚夫悔婚，
轉生的女魔導具師從此踏上不再委屈的自由人生！

轉生到異世界的魔導具師妲莉亞．羅塞堤慘遭未婚夫徹底悔婚之後，決定按照自己喜歡的方式過活。去想去的地方、吃想吃的東西、做她最喜歡的「魔導具」，生活逐漸充滿歡笑。而她所做的便利魔導具也為異世界的人帶來幸福——

NT$240/HK$80

國家圖書館出版品預行編目資料

無職轉生：到了異世界就拿出真本事 / 理不尽な孫の手作；陳柏伸譯. -- 初版. -- 臺北市：臺灣角川, 2021.01-

冊；　公分. -- (Kadokawa fantastic novels)

譯自：無職転生：異世界行ったら本気だす. 20

ISBN 978-986-524-172-8(第20冊：平裝)

861.57　　109018305

Kadokawa
Fantastic
Novels

無職轉生～到了異世界就拿出真本事～ 20

（原著名：無職転生～異世界行ったら本気だす～ 20）

2021年1月20日　初版第1刷發行
2023年10月2日　初版第6刷發行

作　　者：理不尽な孫の手
插　　畫：シロタカ
譯　　者：陳柏伸

發 行 人：岩崎剛人
總 編 輯：蔡佩芬
副總編輯：朱哲成
設計指導：陳晞叡
印　　務：李明修（主任）、張加恩（主任）、張凱棋

發 行 所：台灣角川股份有限公司
地　　址：104台北市中山區松江路223號3樓
電　　話：（02）2515-3000
傳　　真：（02）2515-0033
網　　址：www.kadokawa.com.tw
劃撥帳戶：台灣角川股份有限公司
劃撥帳號：19487412
法律顧問：有澤法律事務所
製　　版：巨茂科技印刷有限公司
ＩＳＢＮ：978-986-524-172-8